KB007541

에놀라 홈즈 시리즈 3

기묘한 꽃다발

세 번째 사건

기묘한 꽃다발

낸시 스프링어 지음

김진희 옮김

북레시피

기묘한 꽃다발

1889년 3월

'미치광이들은 몰상식하기 짝이 없어.' 수간호사는 생각한다. '그게 바로 정신병원 간부와 간수들을 들쑤셔놓는 일인데. 정말 상식 없는 인간들이야. 새로 온 이자만 해도 그래. 상식이 있다면 햇빛 찬란한 이 봄의 첫날, 옥외 마당에서 다른 사람들과 운동도 하고 간수말("똑바로 서! 깊이 숨을 내쉬고 눈을 들어 하늘이 얼마나 아름다운지 보라고! 이제 행진! 왼발 먼저, 하나 둘 셋 넷!")도 잘 듣고 해서 행실 좋은 모범수가 될 텐데, 그러기는커녕 지금 저러고 있으니…….'

"날 풀어주시오," 아마 이번이 그의 백 번째 요청일 게다. "난 영국인이란 말이오! 영국 시민에게 감히 이런 대우를 하다니!" 그의 말투는 화나 있었지만 저주를 퍼붓거나 하시는 않았다. 성신병원 간수들과 싸울 때나 원장의 눈을 멍들게 할 때와 같은 최악의 상황에서도 그는 저주를 퍼붓지는 않았다. 지금같은 상황에서조차도 그는 저주가 아닌 불평만 맹렬히 쏟아낼 뿐이다. "날 풀어달란 말이오. 여왕의 충실한 신하로서 내 권리를 요구하겠소. 여보쇼! 이 터무니없는 관에서 날 꺼내달란 말이오."

"키퍼솔트 씨, 그건 관이 아니에요." 쿠션도 없는 불편한 의자에 앉아 무릎에 실감을 올려놓고 양말 뜨개질을 하던 수간호사가 짜증은 나지만 달래는 어투로 말한다. "위아래가 관 모양과 비슷하긴 해도 아시다시피 마감 밀봉 처리를 하지 않아서 숨도 잘 쉴 수 있고, 그리 불편해 보이지도 않네요, 뭐."

"불편해 보이지 않다고요?" 구석에 누워 있던 남자가 난데없이 웃기 시작한다. 그 웃음소리에 놀라 바늘 코 하나를 빠뜨린 수간호사가 눈살을 찌푸리고는 이내 뜨개질감을 내려놓고 종이와 연필로 손을 뻗는다.

"이 기괴한 장치가 전혀 불편하지 않다고요?" 부자연스러운 고음으로 웃어대던 남자가 버럭 쏘아붙인다.

"네, 별로 불편해 보이지 않아요." 이번에는 수간호사가 상냥하면서도 위엄 있는 목소리로 대답한다. "천 안에 짚을 넣어 만든 깨끗한 매트에 누워 있는 데다 몸도 자유자재로 바꿀 수 있고, 손도 움직일 수 있잖아요. 아무리 봐도 구속복보다는 훨씬 나아 보이네요, 뭐."

"침대! 이걸 그렇게 부르나 보죠?!" 이 남자는 여전히 이렇다 할 이유 없이 웃고 있다. 이 남자를 잘 감시해야 한다는 걸 아는 수간호사는 예의 주시하며 지켜본다. 사실 이 남자는 다부진 체격에 뜻밖에 꽤 재빠르고 수완도 있는 편이다. 이런 그에게 관같이 생긴 이 침대는 사실상 구속 장치나 다름없었다.

수간호사는 어렵사리 키퍼솔트에 대한 기록을 써 내려가기 시작한다. 날짜와 시간 그리고 틀림없이 병적으로 웃고 있는 환자의 상태를 적어 넣는다. 이전 기록에 따르면 키퍼솔트는, 그의 물품을 압수해서 보관하고 회색 모직으로 된 정신병원 복장을 입힐 때 격렬히 저항했었다. 또 그는 먹는 것을 거부해서 장이 빈 탓에 오줌이 옅고 맑은 상태다. 천성이 청렴해 보이고, 머리나 몸, 팔다리에 기형의 징후는 없다. 그는 어느 정도 지성이 있어 보이고 손수건도 쓴다.

"지금 이 어린애 침대로 날 구속하겠다는 거요?" 남자의 웃음이 잦아들고 있다. 군인 유형의 꽤 준수한 외모를 지닌 이 중년 남자는 진정하려는 듯 아니면 뭔가를 생각해내려는 듯 손가락으로 콧수염을 튕기고 있다. "대체 언제 날 이 침대에서 내보내줄 거요?"

"의사가 진찰한 후에나 나갈 수 있을 거예요." 진정제를 투여한 다음에야 이 남자를 풀어줄 수 있을 거라고 수간호사는 생각했다. 이곳 의사는 자신도 정신병원의 아편제와 여러 약물에 중독된 터라 치료 업무 외에는 그다지 수용자들에게 신경 쓰지 않는다.

"의사? 내가 의사요!" 새로 등장한 이 미치광이가 또 큰 소리로 웃어대기 시작한다.

수간호사는 그의 거창한 망상에 대해 설득력이 있다고 쓴다. 그러고는 보고서를 한쪽에 치워두고 다시 뜨개질을 시작한다. 양말의 뒤꿈치를 뜨는 일은 가장 성가신 일일 수 있지만, 정신병원의 감독과 결혼하면 으레 하는 일들이다. 항상 즉시 쳐내야 할 일들이 예닐곱 가지는 되고, 심신을 달래기 위한 숨 돌릴 틈이라고는 전혀 없으며, 산책을 하거나 신문을 볼 여유조차 없다. 게다가 환자를 돌보는 일 못지않게 간호사를 관리하는 일에도 꽤 많은 품이 든다. 간호사들이 플로렌스 나이팅게일을 본받기는커녕, 못된 짓을 일삼거나 술에 취해 있기 일쑤였기 때문이다.

수간호사가 한숨을 내쉰다. 떨어뜨린 뜨개질감을 집으려고 애쓰며 답하는 그녀의 목소리에도 어딘가 모르게 날 선 어조가 약간 서려 있다, "의사? 그럴 리가요, 키퍼솔트 씨. 입원 서류에는 당신이 상점 주인이라고 분명히 명시돼 있어요."

"내 이름은 키퍼솔트가 아니오! 난 당신이 말한 사람

이 아니란 말이오! 왜 이 지옥 같은 곳에선 내가 무슨 터무니없는 오해로 잡혀온 건지 아무도 알아보려 하지 않는 거요?"

관 모양의 상자에 누워 있는 키퍼솔트의 노려보는 듯한 눈길에 수간호사는 다소 귀찮다는 표정이지만 미소 띤 얼굴로 대꾸한다. "지난 30년간의 경험으로 볼 때 말이죠, 키퍼솔트 씨, 환자들은 종종 병원의 실수가 있었다고 믿곤 하지만 결코 그런 경우는 없었어요." 그도 그럴 것이 엄청난 돈이 오가는 일에 과연 실수란 게 있을 수 있을까? "이제 당신 같은 신사들을 한번 예로 들어보죠, 실제로 자신이 나폴레옹이라고 하는 많은 사람이 여기 왔었어요. 뭐 흔한 일이죠. 앨버트 왕자와 월터 드레이크 경 그리고 윌리엄 셰익스피어도 왔었으니까요……."

"난 지금 진실을 말하고 있단 말이오!"

"……그리고 그 정신 나간 자들 중 일부는 결국 치료돼요," 수간호사가 들은 체도 않고 말을 이어갔다. "하지만 그들 중 일부는 아직 여기 남아 있어요. 그게 당신이 원하는 건가요, 키퍼솔트 씨? 남은 삶을 여기서 보내려고요?"

"내 이름은 키퍼솔트가 아니오! 왓슨이라고요!" 물레 봉 사이로 보이는 키퍼솔트의 콧수염이 곤두서 있었다.

수간호사는 친절하면서도 기발한 말로 왓슨의 말에 대꾸했다. "아, 다른 병동에는 셜록 홈즈도 있어요. 그런데 과연 그가 당신의 말을 보증해줄 수 있을지 모르겠군요."

"당신은 미쳤어! 난 의사이자 작가인 존 왓슨이오! 당신이 해야 할 일은 런던 경찰국에 전화하는 거요……!"

전화? 마치 런던 도시의 이 먼 북쪽의 누군가가 이런 기묘한 기구를 보거나 써보기라도 한 것처럼 그냥 런던 경찰국에 전화하라고? 또다시 그의 과대망상이 도지고 있다. "……그리고 레스트레이드 조사관에게 물어보시오. 그가 내 신원을 보증해줄 거요."

"어림없는 소리." 수간호사가 중얼거린다. "어림없는 소리." 그는 정말로 원장이 자초지종을 물어봐주고, 상당한 대가를 돌려주고, 자신을 풀어줄 거라 생각하는가? 이 남자는 고함을 치고 있다. 그러자 마치 아이를 진정시키려고 애쓰기라도 하듯 수간호사가 소곤소곤 말한다. "쉿. 그렇게 소리치면 안 돼요." 분을 빨리 삭이지 않으면 뇌염으로 이어질 수 있어서였다. 이틀이 지났고 키퍼솔트는 여전히 처음 데려왔을 때처럼 비이성적으로 울부짖고 있다. 정말 슬픈 사건이다. 부인은 많은 미치광이를 다루었지만, 특히 키퍼솔트에 대해서는 안쓰러워한다. 제정신만 차린다면 세상에서 한몫 제대로 할 사람으로 보였기 때문이다.

12

1장

자기 이름을 새로 짓는 일은 어려운 일이다. 이는 아이 이름을 새로 짓는 일보다 훨씬 어려운 일 같다. 자기 이름은 이미 입에 착 달라붙어 있는 상태이기 때문이다. 물론 엄마는 틀림없이 예술적 기발함으로 내게 '에놀라'라는 이름을 지어주었을 것이다. 즉, 뒤에서부터 읽으면 '얼론alone(혼자서)'이 되는 이름 말이다.

'아, 엄마에 대해선 생각하지 말아야지.'

비록 얼굴에 난 큰 멍은 사라졌지만 엄마로 인해 마음에 새겨진 더 큰 상처는 아직 사라지지 않았다. 그래서 1889년 처음으로 맑고 화창한 3월의 어느 날, 난 그저 숙소에 머물렀다. 손에는 종이와 연필을 쥔 채 그렇게 열린 창문가에 앉아 이스트엔드 거리를 내다보고 있었던 것이다. (긴 겨울을 보내고 맞는 신선한 공기와 런던의 다채로움까지 이 얼마나 반가운 경관인가!) 창문 아래의 전경은 그야말로 내 시야를 확 사로잡았다. 거리에선 수많은 양 떼 행렬과 석탄차, 당나귀 수레(중심이 낮은 차축과 두 개의 좌석이 딸린 수레-역주), 과일 손수레를 비롯한 모든 차량이 거리를 꽉 메우고 있었다. 그런가 하면 마부들은 서로 무자비한 욕을 퍼부어대고 있었고, 붉은색 코트를 입은 신병 모집 장교들과 길거리 한량들은 이 모습을 뒷짐 진 채 씩 웃으며 지켜보고 있었다. 또 누더기 차림의 아이가 이끄는 장님 거지는 교통이 혼잡한 거리를 통과하려 버둥대고 있었고, 길거리 부랑아들은 가로등 기둥을 타고 올라가 이 광경을 빤히 쳐다보며 야유를 보내고 있었으며, 거무스름한 숄을 두른 여인들은 저마다 제 갈 길을 재촉하고 있었다.

나와는 달리 이들 곧, 빈민가에서 혹사당하는 여성들은 어디로든 갈 곳이 있었다.

무릎에 있는 종이를 훑어보니 내가 쓴 글자가 눈에 들어왔다.

14   에놀라 홈즈

나는 서둘러 이 글자, 즉 내가 절대 쓸 수 없는 내 이름에 진하게 선을 그어 지워버렸다. 알다시피 마이크로프트 오빠와 셜록 오빠가 날 찾아서는 안 될 일이었다. 오빠들은 나를 떠맡아 노래 연습을 시키거나 허영이 가득한 그런 류의 것들을 가르쳐 고상한 상류층의 장식물쯤으로 바꾸어놓고 싶어 했기 때문이다. 법적으로 오빠들에게는 권리가 있었다. 기숙학교든, 수녀원이든, 고아원이든, 젊은 여성을 위한 도자기 그림 아카데미든, 오빠들이 선택한 곳이라면 어디든 나를 억지로 들어가게 할 수 있었다. 내 법적 보호자인 마이크로프트 오빠는 심지어 나를 정신병원에 가둬둘 수도 있었다. 이런 감금은 오빠 외에 의사 두 명의 서명이면 충분했고, 그 의사 중 한 명은 병원 운영에 쓸 자금을 꽤나 밝히는 '정신 나간 의사'면 될 일이었다. 그들의 서명과 마이크로프트 오빠의 서명은 곧 내게서 자유를 빼앗아 오빠와 엮인 그 불행한 과거로 나를 되돌려놓으려 하는 음모에 지나지 않았다.

그래서 난 이렇게 내 이름을 썼다.

아이비 메쉴리

내가 혼자 도망자 신세로 지내던 6개월 동안 쓴 이름이다. 아이비 메쉴리Ivy Meshle, 이 이름은 엄마에 대한 내 신의를 뜻하는 '아이비Ivy(담쟁이덩굴)'에다 일종의 암호인 '메쉴리Meshle'를 더해 만드는 것이다. 그러니까 '홈즈

Holmes'를 Hol과 mes로 분리해서 뒤집으면 mes와 hol 즉, Meshol이 되고 그다음 발음 나는 대로 쓰면 메슐리 Meshle가 되는 거였다. 난 이 이름이 맘에 들었다. 그래서 이 이름을 간직하고 싶었다. 하지만 두려웠다. 내가 신문 칼럼을 통해 엄마와 소통할 때 아이비를 코드 이름으로 쓴다는 걸 셜록 오빠가 알아냈고, 내가 이제 그 사실을 발견했기 때문이다.

커다란 몸집에 꽉 막힌 마이크로프트 오빠와는 정반대로 꽤나 비상한 머리로 아이비 코드를 알아냈던 셜록 오빠가 이번엔 또 뭘 알아냈을까? 나와 오빠 사이에 벌어진 기묘한 일들을 통해 오빠는 또 뭘 알아냈을까?

나는 아래와 같이 썼다.

셜록 오빠는 내가 자신과 닮은 걸 안다.
셜록 오빠는 내가 나무에 올라타는 걸 안다.
셜록 오빠는 내가 자전거를 탄다는 걸 안다.
셜록 오빠는 내가 과부로 변장한 걸 안다.
셜록 오빠는 내가 둥근 헝겊 뭉치로 된 펜닦개를 파는 가난한 여자로 변장한 걸 안다.
셜록 오빠는 내가 수녀로 변장한 걸 안다. 셜록 오빠는 내가 불쌍한 사람들에게 음식과 담요를 주고 다닌 걸 안다.
셜록 오빠는 내가 코르셋에 단도 한 자루를 지니고

다닌 걸 안다.

셜록 오빠는 내가 실종된 두 명의 정확한 위치를 찾아낸 걸 안다.

셜록 오빠는 내가 두 악당을 경찰에 고발한 걸 안다.

셜록 오빠는 내가 베이커 가에 있는 자신의 방에 두 번 침입한 걸 안다.

셜록 오빠는 내가 아이비라는 이름을 쓰는 걸 안다.

이제 나는 아이비 메쉴리라는 젊은 여성이 세계 최초이자 유일한 사이언티픽 퍼디토리언인 레슬리 티 라고스틴 박사를 위해 일한 사실을 셜록 오빠가 왓슨 박사로부터 들어 알고 있다고 가정해야 한다.

바로 이 마지막 항목에서 한숨이 나왔다. 비록 왓슨 박사와 마주친 일은 세 번밖에 안 되지만 난 이 선한 의사를 존경했기 때문이다. 첫 번째 만난 건 왓슨 박사가 친구 셜록 홈즈를 위해 실종자를 찾는 전문가 퍼디토리언과 상담하러 왔을 때였다. 두 번째는 내가 왓슨 박사에게 질문하러 갔을 때인데, 그때 그가 내게 두통 진정제를 건네주었다. 그리고 세 번째는 내가 부상당한 여성을 데리고 왓슨 박사를 찾아갔을 때였다. 왓슨 박사는 용감하고 강인한 영국 신사의 전형으로 누구든 도울 의지가 있는 사람이다. 나는 왓슨 박사를 굉장히 좋아

17

했다. 셜록 오빠만큼이나 좋아했다. 비록 오빠를 알게 된 건 오빠의 친구 왓슨이 오빠에 관해 쓴 그 유명한 이 야기, 즉 개인적으로 영국에 있는 누구보다도 열심히 읽 은 그 책을 통해서였지만, 그 모든 우여곡절에도 난 셜 록 오빠를 정말 좋아했다.

그런데 말이다, 난 왜 항상 내가 좋아하는 사람들에게 짐이 되는 것일까?

나는 한숨을 내쉰 다음 이내 입을 꼭 다문 채, 이번 엔 아이비 메쉴리라는 이름에 굵은 연필 선을 그어 지 워버렸다.

이제 내 이름을 뭐라고 한담?

이는 당황스럽게도 단지 이름을 새로 짓는 일만의 문 제가 아니었다. 앞으로 뭘 하고 살고, 어떤 사람으로 살 아갈지를 아우르는 총체적 문제였다. 이를테면 이런 식 이다. 담엔 어떤 여자로 위장해야 할까? 평범한 이름인 메리나 수잔은 어떨까? 아냐, 이런 이름은 정말 지루하 기 짝이 없다. 그렇다고 추억의 상징인 로즈메리나 숨 겨진 아름다움과 미덕의 상징인 바이올렛과 같은 꽃 이 름은 셜록 오빠가 엄마와 내가 쓰는 코드에 대해 안 이 상 더는 쓸 수 없는 이름들이다.

또 그렇다고 내 중간 이름 중 하나를 쓸 수도 없는 노 릇이었다. 물론 다른 가족들처럼 나도 고상하고 종교적

18

인 이름인 에놀라 유도리아 하다사 홈즈, 즉 에놀라 E. H. 홈즈, 이니셜로 E.E.H.H.Eh.라는 이름을 갖고 있지만, 언뜻 생각해도 하다사는 아버지의 죽은 여동생 이름이기 때문에 셜록 오빠가 즉시 알아볼 것이고, 한술 더 떠 유도리아는 엄마의 이름이기 때문에 쓸 수가 없다.

게다가 난 엄마를 따라 나 자신을 스타일링하는 데는 별로 관심이 없다.

아니 실은 관심이 있었나?

"맙소사! 설마." 나는 스스로 무심코 적은 이름을 보며 경박하게 중얼거렸다.

바이올렛 버넷

버넷은 엄마의 처녀 적 이름이었다. 다시 말하지만 셜록 홈즈라면 바로 알아볼 이름이었다. 하지만 이걸 거꾸로 한다면?

텐레브

음, 안 될 말이다. 하지만 내가 이 글자들에 약간의 변화를 준다면?

넷버Netver

네버Never

에브리Every

에버Ever

에버 왓Ever what?

에버 얼론Ever alone(외로운)?

에버 포론Ever forlorn(쓸쓸해 보이는)?

에버 다파이언트Ever defiant(반항하는), 한번 의미심장하게 중얼거려보았다. 있는 그대로의 내 모습으로 가보자. 시대를 거스르는 반항아, 꿈꾸는 자, 잃어버린 것을 찾는 자, 퍼디토리언으로 계속 살아가야 한다. 그 첫걸음으로 플리트 스트리트(과거 많은 신문사가 있던 런던 중심부-역주)에 있는 몇몇 신문사를 찾아가 아직 발간 전인 뉴스도 듣고 일자리도 좀 알아봐야겠다는 생각이 들었다.

공교롭게도 이 생각이 들었을 때, 계단을 디디는 집주인의 땅속 거북이 같은 발소리가 들려왔다. "신문이요, 메설리 양!" 그녀는 내 숙소 현관에 다다르기도 전에 냅다 고함을 질렀다. 귀가 무척이나 안 들리는 터퍼 부인은 자신도 크게 소리를 질러야 남도 들린다고 생각하는 모양이었다.

자리에서 일어난 나는 벽난로 쪽으로 걸어가 여태 쓴

모든 내용을 불 속에 던졌다. 바로 그때였다. 터퍼 부인이 마치 호두라도 깨버릴 기세로 세차게 문을 두드려댔다. 내가 막 문을 열자 부인은 내 면전에다 대고 "신문이요, 메쉴리 양!"이라며 실컷 고함쳐댔다.

"고마워요, 터퍼 부인." 물론 부인은 내 말을 알아들을 수 없었다. 하지만 내가 부인의 손에서 신문을 받아들었을 때 내 입술에 드러나는 미소라도 보았기를 바랐다.

그런데 부인은 바로 자리를 뜨지 않았다. 그보단 자신의 짧고 구부러진 몸을 쭉 편 채 수심에 찬 눈으로 나를 바라보았다. "메쉴리 양," 그녀는 마치 도덕적 임무를 수행하기로 작정한 사람마냥 힘주어 열변을 토하기 시작했다. "그렇게 집에만 틀어박혀 있으면 좋지 않아요. 남일에 참견 말라고 할 수도 있겠지만, 그렇게 창백해질 정도로 집에만 있는 건 전혀 도움이 되지 않아요. 이제 날도 아주 화창하고 봄기운도 완연한데 보닛(끈을 턱 밑에서 묶는 형태로 예전에 여자들이 쓰던 모자-역주)이나 쓰고 나가 햇볕도 좀 쐬고 산책도 좀 하는 게 어때요?"

아니면 난 그저 부인이 그런 말을 했다고 믿고 있다. 사실 난 부인의 말을 거의 듣지 않았을 뿐 아니라, 언급하기 민망하지만 부인의 얼굴 앞에서 문을 쾅 닫아버렸다. 그때 내 관심은 온통 「데일리 텔레그래프」의 머리기사에 쏠려 있었기 때문이다.

머리기사는 아래와 같았다.

셜록 홈즈의 동료,
왓슨 박사 미궁 속에 실종된 채 행방 묘연!

2장

나는 자리에 앉기도 전에 값싼 면직물 실내복을 입은 채로 불가에 서서 단숨에 기사를 읽어 내려갔다.

실종된 영국 신사가 쉽게 발견되지 않으리라는 암시가 영국 전역에 드리워진 가운데 블룸즈베리에서 일어난 이 사건은 등줄기를 타고 은근한 공포와 전율을 전하고 있다. 최고로 존경받는 의사이자, 유명한 셜록 홈즈 모험 연대기의 저자이며, 셜록의 동료로서 가장 잘 알려진 존 왓슨 박사가 참으로 어이없게도 흔적도 없이 사라진 것이다. 실종된 박사의 가족과 친구들의 유력한 시나리오에 따르면, 박사는 셜록 홈즈의 비열한 적의 손에 넘어가 극악무도한 범죄의 볼모로 이용당하고 있거나, 신길로 여기저기 끌려다니고 있거나, 복수의

23

희생양으로 넘겨졌을지도 모른다. 그게 아니라면 의사
신분을 드러내는 자신의 검은 가방을 소지하고 다니던
박사가 이스트엔드 반 백신 조직의 공격을 받았을 수
도 있다는 우려가 제기되고 있다. 현재로선 어떤 형태
의 살인도 배제할 수 없는 상황이다. 지난 수요일 왓
슨 박사의 행보를 추적해본 결과에 따르면, 그날 박
사는 일상 전화와 볼일을 보려고 밖으로 나간 후 저녁
이 돼서도 집이나 일터로 돌아오지 않았다. 현재 마차
마부들을 상대로 수소문이 이뤄지고 있는 가운데…….

기사에는 이런저런 상황에 대한 진술만 가득할 뿐 단서
가 될 만한 건 아무것도 없었다. 보아하니 그나마 셜록
오빠의 이름이라도 신문에 실리지 않았다면 박사의 실
종은 거의 뉴스거리조차 안 됐을 모양새였다. 왓슨 박
사가 아내에게 작별 키스를 한 때는 수요일 아침이고
지금은 금요일 오후다. 즉, 그 선한 의사는 이틀 동안 행
방이 묘연한 상태다. 아마도 경찰은 나름의 논리를 펼
치고 있을 거라는 생각이 들었다. 이를테면, 왓슨 박사
를 해칠 목적이 아닌 다른 목적을 가진 집단이 박사를
구금하고 있으며, 박사를 구금한 장소와 이유를 설명해
줄 전보나 편지가 곧 도착할 거라는 식의 논리 말이다.
기사 내용 중 '~를 꾀하고 있다'는 말은 아직 수사를 안

하고 있다는 뜻이다. 만일 수사를 개시했다면 담당 수사관의 이름이 기사에 나와 있어야 맞는다. 하지만 이런 수사와는 상관없이 지금 이 시점에서 왓슨 박사를 찾기 위해 애쓰는 사람은 둘뿐이었다. 바로 그의 아내와 그의 친구인 내 오빠 셜록 홈즈였다.

그리고 이제 한 명이 더 생겼다. 바로 나다.

하지만 기다려보자. 왓슨 박사의 실종이 셜록 오빠가 나를 함정에 빠뜨리기 위한 계략일 수도 있지 않은가?

셜록 오빠는 내가 두 건의 실종 사건에 휘말렸다는 걸 알고 있었다. 비록 과학적인 방법으로 잃어버린 것을 찾아내는 퍼디토리언인 레슬리 라고스틴 박사가 실은 내가 만들어낸 가공의 인물이란 건 모를지라도, 오빠는 내가 그 인물을 위해 일했다는 것 정도는 알고 있었을 터이다. 혹 잃어버린 것을 찾아내는 일이 내 삶의 소명이라는 것도 오빠가 감지했을까?

셜록 오빠는 내가 아버지같이 자애로운 왓슨 박사를 얼마나 좋아했는지 감지했을까?

그렇다고 해도 최근의 국면에 대해 너무 극단적인 의혹을 품는 게 과연 옳은 일일까?

하지만 머릿속을 스쳐 지나가는 이런 대단히 합리적인 생각에도 불구하고 난 이미 신문을 불 속으로 내던진 후 옷장을 뒤적이고 있었다. 내 정체를 숨기기 위해 가

능한 방법들과 박사의 실종에 관련된 세부 내용을 찾는
데 있어서 가능한 전략들, 그리고 그 문제에 접근할 수
있는 최상의 방법을 모색할 작정이었다. 정말이지 더는
틀어박혀 있을 수만은 없었다.

물론 지금 난 스스로 매우 조심해야 하는 상황이다.

사실 이 상황이 내게 약간의 부담을 안기기도 했다. 문
득 지난 한 달 내내 이렇게 숙소에 틀어박혀만 있는 내게
정작 엄마는 아무런 도움도 주지 못한다는 게 화가 났다.
난 그저 부루퉁해서는 나태한 시간만 보내고 있었다. 비
참하게도 난 지금 전혀 준비가 안 된 상태였다. 필요한
물건이 열두 가지는 되었지만 뭐 하나 준비된 게 없었다.

그래서 난 이 준비물들을 구할 요량으로 힘차게 집을
나섰다. 머리와 어깨 주변에는 눈에 띄지 않기 위해 숄
도 둘렀다. 아마도 터퍼 부인은 기뻐할 것이다. 부인의
눈엔 내가 산책을 나가는 것으로 보일 것이기 때문이다.

나는 걷고 또 걸었다. 감정은 마치 빈민가의 미로 통로
만큼이나 뒤엉켜 있었고, 머릿속은 다닥다닥 붙어 있는
지저분한 공동주택마냥 붐비고 산만했다. 하지만 이렇
게 오래 걷다 보면 마음이 좀 정돈될 듯싶기도 했다.

하지만 내 주변은 안정감과는 전혀 거리가 멀었다.
한 젊은이는 "고기 타르트(속에 과일같이 달콤한 것을 넣고

위에 반죽을 씌우지 않고 만든 파이-역주)가 1페니에 두 개
요!"라고 외치고 있었고, 그 주변을 에워싼 부랑아들은
파이의 고기 속을 가리키는 양 "강아지와 고양이 고기
요! 고양이와 쥐 고기요!"라며 조롱대고 있었다. 때마침
이 광경을 지켜보던 경관 하나가 교통을 막고 있는 그들
을 물리치기 위해 잔뜩 눈살을 찌푸린 채 다가왔다. 이
날은 봄기운이 완연했지만, 터퍼 부인 말마따나 후덥지
근한 날씨 탓에 2백여 명의 영국 하층민의 옥외 변소 악
취는 물론, 인근 템스 강변의 악취, 그리고 아래 빈민가
를 내려다보며 모든 걸 엉망으로 만들고 있는, 마치 강
철 무한궤도(일반적인 장갑차량에 달려 있는 다리 부분-역
주)와도 같은 가스 공장의 악취가 날로 심해져갔다.

　그러면 그렇지, 아무래도 화창한 날의 아름다움 따위
를 감상하기는 그른 듯했다. 다른 지역은 몰라도 통상
스모그가 하늘을 뒤덮고 있는 런던에서 이런 화창한 날
씨는 구경하기 드물다. 하지만 사실 봄이 완연할수록
거리의 소음과 위험은 더욱 커지는 듯했다. 그때였다.
검은 보닛과 긴 코트 차림에, 하얀 앞치마를 두른 간호
사 한 명이 얼기설기 미로 같은 좁은 길로 막 들어서고
있었고, 그런 그녀에게 주변을 서성이는 남자들과 거리
망나니들은 물론, 심지어 일부 여자들까지 욕설을 퍼부
어대며 돌과 진흙까지 말똥을 던져대는 모습이 보였다.

'용감한 여자'라는 생각이 들었다. 하지만 걸어가면서 줄곧 한 가지 생각만 떠올랐다. '혹 간호사 복장이 좋은 변장이 될 수 있지 않을까, 아니면 할렐루야 여성 전도단이 입는 군복 스타일의 검은 치마와 붉은 셔츠는 어떨까? 제복 입은 사람을 만나면 으레 옷을 관찰하지 사람을 관찰하는 것 같지는 않아.'

하지만 셜록 홈즈는 평범한 관찰자가 아니었다. 내가 수녀로 가장했다는 걸 아는 오빠는 이제 경계를 늦추지 않고 집사, 유모, 간호사 등 또 다른 종류의 변장을 찾고 있을 것이다. 그건 안 될 일이다. 난 오빠가 감히 떠올릴 수 없는 변장을 고안해야 했다.

운 좋게도 어느새 난 이스트엔드를 벗어났다. 공동주택 사이를 오가는 대신 자갈이 깔린 더 넓고 큰길을 따라 산책로를 걸어가니 앞쪽에 성 베드로 대성당의 돔이 어럼풋이 보였다. 인근 다른 교회들의 화려한 고딕 양식은 말할 것도 없고, 그리스풍의 원주로 지탱되고 있는 이 거대한 건물은 이 거물 못지않게 커다란 강철 가스 공장과 묘한 대조를 이루고 있었다. 또 막 지나쳐온 처마를 띠로 두른 정사각형 탑 모양의 이탈리아풍 저택과도 대조를 이루고 있었다. 대부분의 런던 건축물 양식은 철도, 공장은 물론 프랑스 제2공화국 양식, 무어양식, 조지 왕조 양식, 리젠시 양식 및 튜더 부흥기 양식

등 온갖 건축물을 뒤섞어놓은 형태였다. 이는 마치 어떤 모습으로 변장해야 할지 도통 감 잡지 못하는 내 모습을 보는 것 같기도 했다.

이곳은 이스트엔드보다 훨씬 다양한 사람들로 넘쳐 났다. 잘 차려입은 여성들은 행여나 인도에서 어정거리는 여자들로 오해받을까봐 바느질 도구 상점과 여성 모자 상점, 향수 상점 등을 활기찬 걸음으로 돌아다니고 있었다. 또 상점의 여점원들은 민첩하게 승합차 꼭대기로 올라타고 있었고, 시골에서 갓 올라온 방문객들은 눈에 띄는 장면 하나 놓치지 않고 멍하니 바라보고 있었다. 이를테면, 자전거를 타고 배달하는 소년들, 어깨에 걸친 막대기에 상품을 주렁주렁 매달고 다니는 행상인들, 손에 쥔 솔만큼이나 숯 검댕 몰골을 하고 다니는 굴뚝 청소부들은 물론, 잉크 얼룩투성이인 상태로 책을 들고 다니는 학생들과 길거리 음악가들, 머리에서 발끝까지 수수한 회색이나 검은색으로 차려입은 신사들, 그리고 이들과는 아예 혈통부터 달라 보이는, 오락거리를 찾아 돌아다니는 '멋쟁이' 신사들까지 실로 다양한 모습을 한 사람들이 눈에 들어왔다. 오빠들은 한때 내가 이런 사람들 중 하나로 변장했을 거라 추측했다.

29

그뿐만이 아니었다. 짧은 머리 위로 중절모를 쓴 한 여성이 장갑 낀 손으로는 불테리어(목이 두껍고 코가 길며

털이 짧은 개-역주)의 목 끈을, 장갑 끼지 않은 손으로는 막대기를 들고 있는 모습도 보였다…… 오빠들은 틀림없이 내가 이보다 훨씬 더 심한, 이를테면 담뱃대를 빡빡 빨고 있는 변장이라도 했을까봐 걱정했을 것이다.

여전히 난 도시의 한가운데를 걷고 있었다. 말하자면 이곳은 런던에서 가장 오래된 곳으로서 한때 런던의 중심지였다. 하지만 더는 그렇지 않았다. 런던 타워라든가 코벤트 가든, 피커딜리 서커스, 트라팔가 광장 혹은 웨스트민스터의 버킹엄 궁전이 이제 더는 런던의 중심지가 아닌 것처럼, 내가 걷고 있는 이곳도 더는 런던의 중심지가 아니었다. 런던에 더 이상 중심지 같은 건 없었다. 뭔가 중요한 재료가 빠져 있는 터퍼 부인의 양머리 스튜처럼 런던에도 더는 중심지가 존재하지 않았다.

이제 혼란한 도시 상태를 내 마음 상태와 빗대는 일 따위는 접어둔 채 홀리웰 거리를 향해 나아갔다.

이곳 홀리웰 거리의 주요 도로는 아이러니하게도 그 이름이나 용도가 무색할 만큼 좁고 구불구불하고 더럽기 짝이 없었다. 또 고풍스러운 박공지붕의 높고 낡은 건물은 대부분 저급 출판물과 값싼 사진 인화업자들의 차지였다. 하지만 난 부츠 끈을 묶으며 페티코트(옷의 실루엣을 아름답게 보이기 위해 소재 선택이나 디자인, 색채 등이 다양한 여성용 속치마-역주)와 다리를 드러내고 있는 젊은 여성들의 석판 인쇄물이나 보려고 여기 온 게 아니었다. 난 다른 종류의 상인을 찾고 있었다. 사실 엘리자베스 여왕 시대로 거슬러 올라가면 이곳 홀리웰 거리는 포목상이 있던 자리였다. 그렇게나 번성하던 실크를 비롯한 여러 화려한 직물 거래 현장이 이제 가장 무도회를 위한 각종 의상, 장신구 및 기묘한 복장 중개 거래 현장으로 이어져 북새통을 이루고 있었다. 간신히 어깨와 팔꿈치로 밀쳐가며 붐비는 거리를 비집고 지나가려는 나를 향해 가면 모양으로 조각된 나무 간판이 불쾌하게 미소 짓기도 하고, 찡그리기도 하는 듯했다. 사실 홀리웰 거리 자체가 빛바래고 구불구불하고 좁아터지기도 했지만, 인쇄업자들의 싸구려 티 나는 번쩍번쩍한 물건들도 상점을 넘어 행인들의 몸에 닿을 만큼 인도까지 침범해 있었다. 말 그대로 그렇게 버둥거리며 앞으로 나아가고 있는데 문득 여섯 살도 채 안 되어 보이는 귀여운 여자아이가 내 소매를 잡아당기는 게 느껴졌다. 여자아이는 언뜻 카드 한 묶음으로 보이는 것을 내게 쑥 들이밀었다. 다시금 그 아이를 힐끗 보는데 왠지 오싹한 기분이 든 나는 그저 가던 길을 재촉했다.

그곳이었다. 마침내 욋가지(지붕이나 벽에 회반죽을 바르기 위해 엮어 넣는 가느다란 나무 막대기-역주)와 회반죽으로 시은 기틈 있는 신불 하나가 벅하니 자리하고 있는

게 눈에 들어왔다. 처마에는 그 건물만큼이나 오래돼
보이는 나무 간판도 달려 있었다. 수탉 모양으로 조각
된 그 간판에는 틀림없이 내가 찾던 그 상점 이름이 표
시돼 있어야 했다.

3장

내가 그곳을 발견하게 된 건 특별히 언급할 만한 모험 중의 일이었다. 알다시피 몇 주 전 셜록 오빠는 나를 거의 잡을 뻔했다. 하지만 오빠가 경관을 소환해 날 찾아 거리를 샅샅이 뒤지라고 하는 동안, 나는 믿기 어려운 피난처 한군데를 찾아냈다. 베이커 가 221번지, 바로 셜록 소유의 오두막이었다. 나는 버즘나무로 만든 옥상에 올라 침실 창문을 통해 안으로 들어갔었다.

그 이후로 새벽에 자기 방으로 돌아온 오빠가 어떤 반응을 보였을지 사뭇 궁금했다. 난로의 쇠살대 위로 버려진 수녀복이 불에 탄 채 널브러져 있고, 옷장에서도 물건 몇 가지가 없어진 걸 발견했을 때의 반응 말이다. 난 오빠의 속이 엄청 쓰렸을 거라고 상상했다. 그런데 이상하게도 이런 생각을 해도 웃음이 나오지 않았다.

33

만약 그게 마이크로프트 오빠였더라면……

언젠간 다시 만나겠지, 아마도. 이미 말했듯이 셜록 오빠가 골목을 구석구석 샅샅이 뒤져가며 날 찾아다니는 동안 난 오빠의 오두막에 몇 시간 동안 숨어 있으면서 오빠의 소지품을 뒤지는 등 꽤 쏠쏠한 시간을 보냈다. 셜록 오빠는 가발과 가짜 수염 등으로 가득 찬 캐비닛뿐 아니라, 나로선 듣도 보도 못한 완전 새로운 변장 도구들을 갖고 있었다. 이를테면, 얼굴에 바르는 위장제라든지, 스티커식 사마귀와 흉터, 관리 잘된 정상 치아에 위장용으로 덮는 무시무시한 (방부제로 떡칠이 된 폐허의 중세 흉벽같이 생긴) 가짜 이빨, 대머리나 반 대머리로 만드는 사발 모양의 가발 같은 것들 말이다. 그뿐만이 아니었다. 불그레하니 혈색 좋은 피부에서 거무스름한 피부까지 연출이 가능한 다양한 피부 색소는 물론 (너저분하거나, 울퉁불퉁하거나, 누렇거나, 또는 음산한 듯 기다란) 각양각색의 가짜 손톱, 그리고 입 모양을 바꿔 언청이로 만드는 접착물 등도 눈에 띄었다. 내겐 전부 다 눈이 휘둥그레질 물건들이었다. 대체 셜록 오빠는 어디서 이런 특이하면서도 유용한 물건들을 구해왔을까?

이어서 오빠의 책상을 뒤져봤다. 그런데 거기엔 여러 상점에서 지불한 듯한 영수증들이 눈에 띄었다. 이들 극장 지역에 있는 대부분 상점은 연극에 필요한 물품을 파는 상점들이었다……. 개인적으로 내 생전에 여배우같이 보일 가능성은 전무했다. 아무튼 몇 년 전 오빠가 구입한 몇 가지 물건들의 영수증은 홀리웰 가의 한 상점에서 나온 것이었다. 바로 샹테클레르라 불리던 그 상점 말이다.

그래서 난 먼저 그곳에 가보고 싶었다. 설록 오빠는 한동안 샹테클레르 상점에서 아무것도 사지 않았다. 혹시 상점이 문을 닫기라도 한 걸까? 하지만 알 수 있는 방법은 단 하나, 직접 가보는 것뿐이었다. 만일 상점이 아직 운영 중이라면 더할 나위 없이 좋았다. 어찌 됐건 설록 오빠는 다른 곳에서 용무를 볼 것이므로 나와 마주칠 가능성은 없었기 때문이다.

'레이너드'가 '여우'를 의미하듯 '샹테클레르'는 '수탉'을 의미했다. 그래서 그 간판도 아마 수탉 모양으로 조각되었던 것 같다. 레이너드란 단어의 출처에 대해선 금시초문이었지만, 샹테클레르에 대해선 영국 시인 초서의 『캔터베리 이야기』 중 한 편에서 읽은 적이 있다.

시끌벅적한 홀리웰 거리를 가로질러 나는 목적지를 향해 군중을 비집으며 버둥버둥 앞으로 나아갔다. 이곳 홀리웰은 여느 때처럼 인쇄소 창문을 통해 그림에 비상한 관심을 보이는 온갖 런던 사람으로 북새통을 이루고 있었다.

결국 이곳이 내가 찾던 녹석지였나? 상점에 들어가기

전 숨을 좀 돌리기 위해 난 셰익스피어 시절부터 있었을 법한 수탉 모양의 나무 간판 아래 서 있었다. 열린 문 위로 붉은색으로 쓴 글자 하나가 눈에 띄었다. 그 글자는 단순하면서도 기묘하게 페르텔로트 상점이라고 읽혔다.

정말 별난 이름이었다.

안에 뭐가 있는지 들여다보기 위해 상점 안으로 들어갔다.

그렇게 조심스럽게 들어가서는 경계하듯 주위를 흘낏 둘러보았다. 두 오빠 중 누가 됐든 날 잡으려고 어둠 가운데서 불쑥 뛰쳐나오거나 하지는 않겠지. 사실 그 상점은 텅 빈 듯했다. 현관 옆에는 종이 악보 뭉치가 놓여 있었고, 구석에는 헌책들이 일부 모여 있었으며, 상점 안의 카운터와 선반에는 흥미로운 물건들이 다양하게 진열되어 있었다. 한눈에 봐도 딱 가정용 오락거리 용품들이었다. 말하자면 (내가 길거리에서 본 그 지저분한 카드가 아니라서 다행이었던) 다양한 종류의 카드들, 도미노 게임 세트, 펙보드 게임(peg-board, 놀이로 구멍에 꽂는 도구-역주), 나무블록 빼기(pick-up sticks, 얇은 막대기 따위를 쌓아놓고 무너뜨리지 않으면서 하나씩 빼내는 놀이-역주), 놀이용 연극 대본, 이야기 사진이 담긴 입체 환등기, 이동식 활자와 잉크 패드가 달린 앙증맞은 미니어처 인쇄 도구함 등이 눈에 띄었다. 나는 마지막 물건인 그 미니어처 인쇄 도구함을 나름

주의 깊게 들여다보고 있었다. 바로 그때였다. 어디선가 상당한 저음의 여성 목소리가 들려왔다. "도와드릴까요?"

얼굴을 들어 정면을 바라보자 심플한 블라우스와 스커트 차림의 중년 여성이 여유로운 상점 주인의 아우라를 풍기며 미소 띤 얼굴로 서 있었다. 이 상점은 바로 그녀 소유의 상점이었다.

너무 긴장한 탓일까? 페르텔로트가 영국 시인 초서의 캔터베리 이야기에 나오는 실천적 마인드를 지닌 암탉 이름이란 걸 기억해내는 데 시간이 좀 걸렸다.

셜록 홈즈가 이곳에 발걸음을 끊기 시작한 이유는 자명했다. 말하자면 소유권이 수탉에서 암탉으로 넘어간 상황에서, 우리 집 늙은 집사 부인의 말마따나 두 오빠 중 누구도 의지 강한 여성을 당해낼 순 없는 노릇이었다.

"저, 페르텔로트 부인?" 내가 물었다.

마치 친한 사람과 우스갯소리라도 나누듯 부인의 입가에는 따뜻한 미소가 번졌다.

그녀는 "페르-델-오-뜨"라고 내 발음을 바로잡아주었다. 그 목소리가 얼마나 다정하던지 마치 발음하면서 칭찬이라도 들은 느낌이었다. 부인은 예쁜 얼굴은 아니었지만 접시처럼 둥근 얼굴형에 풍채 좋은 체구를 지녔고, 축 늘어져 대롱거리는 귓불 위로는 단정하게 빗은 회색 머리갈을 동그랗게 말아 들어 올리고 있었다.

"샹테클레르(간판)는 어떻게 됐나요?" 나는 그녀의 말 장단에 맞춰 미소 띤 얼굴로 물었다.

"아, '페르델로뜨'가 더 나아요."

"수탉 모양으로 조각된 그 간판도 아직 가지고 계시나요?"

"글쎄요, 그건 아주 낡았어요. 오래된 것들은 잘 보관 해야죠, 안 그래요?" 그녀의 얼굴에 더 깊은 미소가 번 졌지만, 내가 장단을 맞춰 건넨 말들은 별 효과가 없는 듯했다. "뭘 도와드릴까요?"

비록 발음 중 'H' 발음을 대충 생략해서 말했지만 그녀 의 말투는 런던 토박이인 코크니 억양이라기보다는 어느 정도 교양을 갖춘 말투였다. 나는 대화 가운데 내 억양을 그대로 유지하려고 애썼다. 그러고는 소형 휴대용 인쇄기 를 가리키며 "이걸로 명함도 만들 수 있나요?"라고 물었다.

그녀는 내 질문에 눈 한번 깜빡이지 않고, 더군다나 왜 이런 초라한 행색의 여성이 명함을 인쇄하고 싶어 하 는지 전혀 의심하지도 않는 눈치로 대답했다. "네, 그래 요, 하지만 다소 조잡한 명함이에요. 그냥 몇 개만 필요 하신 거면 뒷방에서 더 좋은 걸 만들어드릴 수 있어요."

"네." 나는 고개를 끄덕였다. "감사합니다. 상점 좀 둘 러봐도 될까요?"

"물론이죠."

사실 상점 안에는 소소하지만 내가 좋아할 만한, 매혹

적이면서도 기묘한 물건들이 많았다. 틀 내에서 움직이는 타일로 만든 정사각형 나무 퍼즐이라든지, 숫자와 글자를 조합해 쓰는 강신술 시험용 '말하는 보드', 벨벳 장미, 뚜껑을 열면 음악이 나오는 음악상자, 깃털 부채, 실크 스카프, 복면 마스크, 아마도 열병 환자들이나 여성 재소자들에게서 나왔음 직한 탁월한 긴 머리 가발 같은 것들이 있었다. 하지만 난 시간을 좀 더 가졌다. 무엇보다도 생각할 게 있어서였다. 명함을 몇 장 만들어준다는 펠르텔로트의 제안을 받아들이고 싶었다. 조만간 적어도 한 장 정도는 필요할 것 같아서였다. 하지만 그녀가 카드를 인쇄하려면 내 가명을 정해야 했다.

이렇게 내 가명에 대한 고민이 다시 시작되었다. "에버 미ever me, 에버미? 아니야, 에버 아이ever I, 에버리? 뭐야, 더 끔찍하군. 에버 소우ever so, 에버소우? 프랑스어로 살짝 꼬아서, 에버소우?

음, 나쁘지 않군.

좋았어. 아마 이 성을 오래 쓸 필요는 없을 거야. 그럼 성은 됐고, 이제 이름을 뭐라고 하지? 바이올렛? 아니야, 꽃 이름은 너무 위험해, 비올라? 꽃보다는 악기가 연상되니 비올라는 괜찮겠군.

곰곰이 생각해보니 사실 상점 주인이 욕심을 부리고사 했다던 고작 명함 몇 장 인쇄하기보다 훨씬 더 많은 돈을 요구하며 언뜻 보기에도 더 좋아 보이는 소형 인쇄기를 팔아버릴 수도 있었을 듯싶었다.

고로 난 그녀를 믿고 싶어졌다. 물론 페르텔로트는 그녀의 본명이 아니었을 게다. 하지만 뭐 상관없었다. 그녀 역시 내 본명을 알 턱이 없었으니까.

혹 그녀에게서 명함뿐 아니라 남부끄러운 물건들을 좀 더 안전하게 살 수 있을까?

그럴 수 있을 거라 믿고 싶었다.

하지만 만일 내가 그녀에 대해 오해한 거라면? 혹여 그녀가 남 말하기 좋아하는 사람이라면?

그건 전혀 문제될 게 없었다. 이유인즉슨, 마이크로프트 오빠나 셜록 오빠가 그녀와 대화를 나눌 가능성은 없어 보였기 때문이다. 둘 중 누구든 자기 사업과 자기 일을 소유한 그런 여자에게 가까이 갈 리 만무했다.

오빠들 중 누구도 아내, 딸 또는 여동생으로서 남자에게 종속되지 않는 독립적인 여성을 받아들이거나 이해하려 들지 않았다.

둘 다 여성에 대해 논리적 사고를 이해할 수 없는 존재라고 무시하기 일쑤였다. 그래서 그 두 사람은 여성이라면 그 누구의 속내도 예측할 수 없었다.

두 사람 다 나에 대한 예측은 더더욱 하지 못했다. 키크고 마른 몸에 매부리코를 지닌 소녀가 도망갔을 때, 오빠들은 분명 내가 소년으로 변장했으리라 기대했을 것이다. 오빠들 사고방식대로 '평범하고 딱한 여자아이가 뭐 별다른 걸 할 수 있겠어?'라고 생각했을 테니까 말이다.

하지만 이제 오빠들은 내가 미망인으로, 그리고 나중에는 수녀로 변장했었다는 걸 안다. 그래서 어쩌면 이번에는 까마귀처럼 혐오스러운 또 다른 변장, 그러니까 표독스러운 얼굴에 베일을 뒤집어쓴 독신녀 모습의 여성을 찾고 있을지도 모른다. 그게 아니면 혹 슬럼가에서 계몽 활동을 하는 여성을 찾고 있을지도? 아마 남성복 차림으로 변장한 나를 찾는 건 그만뒀을 거다. 그렇다면 지금이 바로 내가 바지를 입을 때인가?

아니다.

그냥 그렇게 하긴 싫었다. 어쨌든 지금 무엇보다 중요한 건 왓슨 박사 실종 사건의 내막을 알아내기 위해 왓슨 부인을 방문하는 일이었다. 그러려면 난 이번에도 여자가 되어야 했다.

하지만 오빠들이 예상은커녕 전혀 상상도 못 할 그런 여성으로 변장해야 했다.

새로운 변장에 엄청난 노력이 들 거란 건 알지만, 정말이지 이번엔 셜록 오빠나 마이크로프트 오빠가 전혀 꿈에도 상상 못 할 그런 모습으로 변장할 것이다.

41

4장

난 아름다워질 것이다.

솔직히 아름다워지기로 결정한 데는 엄마가 내 마음에 선사한 쓰디쓴 비장함도 한몫했다. 하지만 그보단 그냥 내가 남자들에게 좀 더 먹힐 방법으로 방향을 튼 것이다. 나는 틈만 나면 여자들을 대하는 남자들의 방식을 관찰하곤 했다. 그 방식에 딴지를 걸 일종의 분노 실험에 착수할 심산이었기 때문이다. 즉 나는 스스로 전지전능하다는 착각 속에 빠져 사는 남자들이 얼마든지 속아넘어갈 수 있는 존재란 걸 입증해낼 것이다.

42

사실 이 결정은 설록 오빠의 덫에 걸려드는 걸 막아줄 현실적 결정이기도 했다. 오빠와 왓슨 박사가 날 잡기 위해 정교한 계획을 꾸몄을 거라는 가능성을 아직 배제할 순 없었기 때문이다. 고로, 음, 난 다시 변장한 채로 길을 나서야 했다.

위기상황이건 아니건('위기상황'에 더 심중이 가긴 하지만), 어차피 왓슨 부인이 셜록 홈즈와 친한 게 분명한 마당에 만약 변장 없이 갔다가 부인이 오빠에게 코와 턱이 뾰족한 키 크고 마르고 뭔가 수상한 냄새를 풍기는 한 소녀가 방문했었다고 말하는 날엔, 오빠는 틀림없이 날 의심하고 블러드하운드(사람을 찾거나 추적할 때 이용하는 후각이 발달한 큰 개-역주)마냥 내 뒤를 바싹 쫓을 것이다. 하지만 왓슨 부인이 매우 단정한 방문객에 대해 언급한다면 셜록 오빠는 전혀 촉각을 곤두세우지 않을 것이다.

아름다워지는 것의 단점은 하나뿐이었다. 난 왓슨 부인이 내게 속마음을 털어놓기를 원했다. 하지만 여자들이란 심지어 예쁜 여성들조차 매력적인 여성에게 질투를 느끼기 마련이다. 게다가 비록 직접적인 친분은 없었지만 난 왓슨 부인, 즉 메리 모스턴의 외모가 평범하다는 걸 알고 있었다. 왓슨 박사가 자신의 명저『네 개의 서명 *The Sign of the Four*』을 통해 셜록 홈즈의 의뢰인으로서 상담받던 부인을 자신이 어떻게 만나게 되었는지 서술한 부분을 읽어봤기 때문이다. 이 책에서 왓슨은 자신의 예비 아내가 '전형적인 미인이나 피부 미인'은 아니지만 '말본새가 다정하고 상냥할 뿐 아니라, 커다랗고 푸른 눈동자기 매우 고상하고 호감 간다'고 서듭 언급했다.

아마도 천성이 선한 부인은 결국 나를 싫어하지 않을 것이다.

또한 『네 개의 서명』을 통해 나는 왓슨 부인이 '영국에는 친척이 없다'는 사실도 알고 있었다. 즉, 부모를 잃고 혼자 남겨진 터라 당혹스러운 상황에 처했을 때 셜록 오빠를 방문했던 것이다. 기숙학교를 마친 후로 그녀는 줄곧 가정교사로 살아왔다……. 가정교사의 신분은 정확히 말해 하인은 아니었다. 하지만 그렇다고 고용주들과 대등한 관계는 아니었다. 가정교사는 대부분 혼자 식사를 했다. 그리고 추측건대 그녀는 지금도 혼자 있을 것이다. 왜냐하면 의사의 아내로서 부인은 노동자 계층과 상류층의 중간 위치에 있었기 때문이다. 결혼 전에도 친구가 없었는데 결혼 후 가정교사 일마저 그만두었다면, 그 이후 단 한 명이라도 친구를 사귈 수 있었을까? 나는 아니라고 봤다. 왓슨 박사에 따르면 곤경에 처한 가난한 사람들은 부인에게 곧장 달려갔고, 틀림없이 부인은 남편을 위해 친절을 베풀었을 것이다. 하지만 그녀 자신이 어려움에 처한다면 그들도 과연 똑같이 그녀를 위로해줄까? 난 아니라고 본다.

역경이 닥쳤을 때 혼자 있기를 원하는 사람이 있는가 하면, 누군가와 함께 있기를 갈망하는 사람이 있다. 비록 알 길은 없었지만 나는 왓슨 부인이 후자일 가능성이

높다고 봤다. 그리고 이 어려운 시기에 방문자, 심지어 낯선 사람의 방문으로 인한 기분전환을 매우 환영할 수도 있다고 생각했다.

내 생각이 맞기를 바란다. 사실 아무리 사소한 이야기일지라도 실종된 남편의 미스터리를 밝혀낼 수 있도록 그녀가 내게 도움이 될 만한 이야기를 좀 해주었으면 싶었다.

이튿날 오후 진정으로 사랑스러운 존재가 된 나는 왓슨 박사의 사무실이자 집 앞에 멈춘 마차에서 내렸다. 순수하고, 겸손하고, 동안의 아름다움을 지닌 꾸밈없는 그녀가 숲속의 상쾌한 공기 속에 떠다니듯 깨끗하게 닦인 하얀 계단을 올라갔다.

'꾸밈없는?' 헛. 얼토당토않군. 비올라 에버소우 양이라는 이름을 짓는 데 몇 시간을 바쳤다! 만약 내 안에 예술가의 피가 흐르지 않았다면 난 결코 이 꾸밈없는 설정을 만들어내지 못했을 것이다. '자연스러운' 아름다움이란 사실 환상이다. 알다시피 이는 정말 자연스러운 것과 인위적인 것을 어느 정도 섞어서 보는 이의 눈을 감각적으로 홀리는 것이다.

셜록 오빠도 한때 그런 비슷한 말을 했었다. "마이크로프트, 겉보기에 다 자란 것 같아도 알다시피 에놀라는 아직 어린애에 불과해. 그 작은 머리로 많은 걸 생각하기는 아직 너무 버거워." 당시 오빠는 내 지능을 부정적으로 평가했고 결국 오빠의 말은 틀렸다. 하지만 생각해보니 셜록 오빠의 말이 딱히 틀린 것도 아닌 듯했다.

고로 난 페르텔로트의 상점에서 최고급 가발을 구입했다.

여성의 아름다움의 경우, 자연스러운 아름다움을 위한 '비율의 배열'은 자고로 머리카락의 배열에 있었기 때문이다. 내 머리카락은 이상한 진흙 색도 아니고 금방 지저분해지는 과한 지성도 아니었지만, 문제는 위치상 머리 꼭대기에 나 있어 내 눈으론 직접 볼 수도, 제대로 매만질 수도 없었다. 하지만 가발은 달랐다! 이 밝은 암갈색 긴 머리 가발을 내 앞의 촛대 위에 걸어놓고 왕관을 씌운 듯한 쪽 진 곱슬머리든, 풍성한 앞머리든, 그저 원하는 머리 스타일로 연출하면 그만이었다.

가발이 없다면, 그리고 볼과 콧구멍을 둥글게 해주는 삽입물이 없다면, 날카로운 얼굴에 매부리코와 병색 짙은 하얀 피부를 지닌 내 모습은 성별만 여자인 영락없는 셜록 오빠였다.

하지만 사랑스럽고 그럴듯한 자연스러운 머리카락 덕분에 내 모습은 완전 딴사람으로 보였다. 기적처럼 내 코와 턱이 전통적인 그리스풍 외모로 바뀐 것이다. 적

갈색 앞머리와 긴 머리 때문에 얼굴색도 창백해 보이기는커녕 섬세한 도자기색으로 보였다. 이처럼 변신할 수 있다는 게 나조차도 믿기지 않을 정도였다.

물론, 할 일은 훨씬 더 많았다. 자연 미인의 얼굴에는 대칭이 아닌 자유로운 불균형이 필요한 법! 그래서 나는 (페르텔로트의 호의로) 오른쪽 관자놀이에 작고 검붉은 점을 하나 붙였다. 이 점은 내 얼굴의 중심, 말하자면 내 매부리코로 시선이 가는 걸 막아주는 역할을 했다. 그러고서 약간의 흠이라도 있다면 숨길 요량으로 얼굴에 쌀가루를 뿌렸다. 이 쌀가루는 통상 사용이 허용됐지만, 내가 손에 들고 있는 루주는 그나마 허용되지도 않은 물건이었다. 나는 이 남사스러운 물질을 내 광대뼈와 입술에 아주 미묘하게 발랐다. 그러고 나서는 '스페인산 화장지'로 눈꺼풀을 문질러 크고 윤기 나는 눈으로 보이도록 했다. 물론 내 교묘한 술책이 감지될 정도로 많이 바르지는 않았다. 적절히 보이려면 많은 시도가 필요했다. 앞에서도 말했듯이 아름다워지려면 많은 노력이 필요했다.

덧붙이자면 지금은 왓슨 부인이 날 받아준다는 어떤 보장도 없는 상태다! 사실 지금 상황에선 설령 그런 마음이 있을지라도 즐겁게 방문객들을 맞이하기보단 초조한 맘으로 침실에 들어가버릴 공산이 크다. 맙소사! 이 모든 노력을 해놓고 부인에게 문전박대나 당하면 어쩌지?

하지만 난 시도할 수밖에 없었고, 마침내 준비를 마쳤다.

마지막으로 거울을 보는데 뜻밖에 강렬한 승리감이 밀려왔다.

다만 이런 차림새로 나가는 내 모습을 우연히 본 터퍼 부인이 화들짝 놀라 안타깝게도 들고 있던 도자기 주전자를 떨어뜨렸다. 주전자는 산산조각이 났다.

그런 다소 충격적인 상황에서 나는 왓슨 박사의 주소지로 가는 마차에 올라탔다. 만약 내가 계단을 숲의 산들바람처럼 둥실둥실 가볍게 올라갔다면, 그 또한 전날 구입한 '실번 패러다이스' 오드투알레트(수분이 많고 향이 강하지 않은 향수-역주) 때문일 것이다. 사실 난 평생 향수 때문에 고민해본 일이 없다. 빈민굴을 다닐 땐 냄새가 풍기도록 그냥 내버려뒀고 향기로운 손수건 따위를 코에 갖다 댄 적도 없었다. 하지만 이미 말했듯이 아름다움은 모든 보는 이의 눈뿐 아니라 모든 감각을 활용한 은밀하고 세심히 조직된 음모에 있는 법! 고로 난 향수를 썼다. 아울러 목소리가 감미롭게 들리도록 꿀도 듬뿍 삼켰다. 가슴 보정기에 숨기고 다니던 온갖 물건들도 확실히 치웠다. 또한 입을 옷도 응당 아주 섬세히 골랐다. 너무 평범하게 보이지도, 너무 귀족적으로 보이지도 않도록 심혈을 기울인 것이다. '꾸밈없이 천진난만한' 모양새, 곧 약간의 꽃이 달린 자그맣고 납작한 집시

보닛에서부터 윗부분에 단추가 달린 세련된 부츠에 이르기까지 나의 이 모든 차림새는 몇 시간에 걸쳐 심사숙고한 결과였다. 정말이지 이 만남을 준비하느라 거의 반나절을 꼬박 새웠다. 어차피 이렇게 된 거 차라리 잠못 잔 내 눈가에서 오히려 나란 사람의 영혼의 깊이나 그윽이 묻어났으면 싶었다.

그렇게 목적지에 도착한 순간, 문득 두려움이 엄습해왔다. 만약 지금 하는 일이 바보 같은 짓이라면? 만약 온세상이 내가 공작으로 가장한 까마귀란 걸 알게 된다면?

그 꺼림칙한 순간에 자연스럽게 문이 열렸다. 하지만 그때 내가 소지한 꽃다발, 즉 노란색 리본으로 가지런히 묶은 아네모네와 재스민(희망과 동정)이 나란 존재의 정체성을 대신 설명해주는 듯했다. 그러니까 나는 굳이 말할 필요가 없었다. 하녀가 내민 은쟁반에 나는 '비올라 에버소우'라고 적힌 명함을 내려놓았다. 장갑 낀 내 손이 마구 떨려왔다. 어찌나 떨리던지 행여나 하녀에게 들키지 않기만을 간절히 바랐다.

5장

매우 소박한 거실로 날 안내한 하녀는 이내 여주인을 찾아 집 뒤쪽으로 휙 사라져버렸다. 나는 선 채로 주변을 살폈다. 각 거실 창문은 정확히 2인치씩 위로 열려 있었다. 바깥엔 런던 특유의 메케한 연기와 거리의 흙먼지 냄새가 봄바람에 실려 진동하고 있었다. 다행히도 내가 가져온 꽃향기로 악취는 대부분 사라진 듯했다. 문득 런던에서 돈깨나 있는 중산층들은 이런 악취를 없애는 데 쓰는 꽃을 사치품이 아닌 가내 필수품이나 개인 필수품으로 여기고 있다는 걸 깨달았다.

　　그때였다. 집 뒤쪽에서 "누구시죠, 로즈?"라고 묻는 부드러운 목소리가 들려왔다. 답을 기다리지도 않고 내 명함을 손에 든 왓슨 부인이 응접실로 들어왔다. 부인의 얼굴은 매우 창백했지만 차분해 보였다. 부인은 조용하면서도 배려하는 따뜻한 말투로 내게 물었다.

"의사 선생님을 보러 오셨나요? 죄송하지만 선생님은 오늘 안 계셔요. 혹시 제가 도와드릴 일이라도 있을까요?"

나는 깜짝 놀랐다. 그녀의 눈이 너무나도 빨갛게 부어 있었기 때문이다. 이젠 왓슨 박사가 정말 사라졌다는 사실이 조금도 의심스럽지 않았다. 왓슨 부인이 그 고통을 한 몸에 느끼고 있는 게 실로 명백했기 때문이다. 그런데 부인은 위로를 받기는커녕 봉사를 베풀려는 눈치였다.

이 놀라운 여인을 바라보는 순간 불쑥 부끄러움이 밀려왔다. 가져온 간단한 꽃다발을 건네주는데 조리 있게 말하기가 어려울 정도였다. "저도 신문 기사에서 읽었어요," 난 알아듣기 어려운 말투로 횡설수설했다. "그토록 친절하신 분께 어째서 그런 일이 일어난 건지 정말 상상할 수가 없더군요. 제 말은 남편분 말이에요. 그저 박사님이 무사하시기만을 바랍니다. 이런 어려운 때 불쑥 찾아와 죄송하지만, 꽃으로나마 위로가 된다면……."

이미 다른 몇 개의 꽃다발이 놓여 있는 게 보였지만, 그 작은 거실을 가득 메울 만큼은 아니었다.

"정말 사려 깊으시네요. 고맙습니다." 내게서 아네모네와 재스민을 받아들던 왓슨 부인의 입술이 떨렸다. 그녀의 시선은 부드러웠지만 나에 대한 의구심은 아직 가시지 않은 눈치였다.

"전 남편분의 환자였어요." 나는 애초에 그랬어야 했다는 듯 내 정체에 대한 설명을 요하는 부인의 무언의 요청에 서둘러 대답했다.

부인은 고개를 끄덕이며, 아주 어리고, 다소 어리숙하고, (바라건대) 꽤 매력적이기도 한 이 낯선 사람을 자신의 거실에서 겸허히 맞이했다. "죄송해요. 제가 모든 환자를 다 알지는 못해서요."

"당연하죠! 신문을 보고는 그저 뭐라도 해야 했어요. 박사님은 제 어려움만 해결해주신 게 아니라 아주 재치 있고 온정 넘치는 분이시거든요." 어떤 면에서는 이 말도 사실이었다. 거짓말을 할 때마다 난 가급적 모든 진실을 이용한다. 그래야만 내가 내뱉은 말을 더 쉽게 기억할 수 있으니까.

"그래도 여기 올 생각을 다 하시고 정말 다정하고 사려 깊으세요."

순간 마치 사기꾼이라도 된 듯 고통스러워 마음속으로 여기 온 건 단지 부인을 돕기 위해서라고 스스로를 합리화했다.

"정말 사랑스러운 꽃들이네요," 마치 아기를 안듯 한쪽 팔로 부드럽게 꽃을 받아든 왓슨 부인이 이어서 말했다. "에버소우 양, 괜찮으시면 차 좀 드시다 가시겠어요?"

내 생각이 적중했다. 천성적으로 말 없는 그녀였지만, 이 어려운 시기엔 마음을 터놓고 대화할, 진정으로 자신의 말을 귀담아 들어줄 그런 사람이 필요했다. 자리에 앉자마자 짧은 위로의 말만 건네받은 후, 부인은 지난 수요일 아침 남편이 재치 있는 유머를 남기고 집을 떠난 얘기며, 왕진할 계획이던 얘기며, 모임에 들르려던 얘기며, 하지만 끝내 그날 저녁 돌아오지 못한 얘기를 털어놓기 시작했다.

"남편 저녁 식사를 따뜻하게 데우고 있었는데 결국엔 다 태워버렸죠," 부인은 당혹스러운 표정으로 말을 이었다. "하지만 탄 음식을 쓰레기통에 내다 버릴 순 없었어요. 그건 마치 남편이 돌아올 수 없는 강을 건넜다는 걸 인정하는 꼴이니까요. 전 그 사실을 인정할 수 없었어요. 그래서 남편이 곧 돌아올 거라고, 당연히 돌아와야 한다고 계속 되뇌었죠."

그렇게 부인은 밤새 왔슨 박사를 기다렸고, 다음 날 아침에는 경찰을 불렀으며, 그 호출 명단에 당연히 셜록 홈즈도 예외는 아니었다. (부인은 남편이 그 유명한 탐정과 친분이 있다는 걸 내가 알 거라고 정확히 추측했다.) 부인에 따르면 경찰은 먼저 도착했지만 범죄 증거를 입수할 때까지는 두고 보겠다는 입장이었다.

"경찰들은 남자가 하루 이틀 사라졌다가 술에 떡이 되

거나 아편굴에서 매춘부와 뒹군 후 수줍은 모양새로 돌아오는 건 흔한 일이라며 기다려보라고 했어요."

"정말 그렇게 말하던가요?" 내가 소리치며 물었다.

"많은 말을 하진 않았지만, 무슨 뜻인지는 충분히 알아듣겠더군요. 마치 존이 그런 짓을 할 사람처럼 말이죠." 경찰의 옳지 못한 언행에 분노로 열불이 날 법도 한데 왓슨 부인은 부드러운 말투로 말을 이어갔다. "다행히도 셜록 홈즈 씨가 그 후에 곧장 오셔서 자초지종을 알아보기 시작했지요."

"그래서 알아냈나요?"

"경과를 말해줄 때까지 기다리라고 하더군요. 그 후로 딱히 들은 이야긴 없어요."

"사건에 대한 추측도 없던가요?"

"좀 뻔하긴 한데 홈즈 씨는 악당이 복수를 한 건 아닌지 의심하더군요. 그런데 존에게는 어떤 적도 없어요."

"불평하던 환자도 없었나요?"

"음, 그야 항상 있지요. 홈즈 씨도 존의 진료 기록부를 확인하겠다며 가져가셨어요."

54 좋아. 그럼 부인이 진료 기록부에서 비올라 에버소우를 직접 찾아볼 일은 없겠군.

나는 몸을 기울이며 물었다. "왓슨 부인, 부인이 보시기엔 무슨 일이 일어난 것 같으세요?"

잠시 동안 평정이 흔들리는가 싶더니 부인이 손으로 얼굴을 감싸며 말했다. "정말 모르겠어요."

바로 그때 하녀가 찻잔을 들고 들어왔다. 평정을 찾으려고 안간힘을 쓰는 모습이 역력한 왓슨 부인이 차를 따르며 자연스레 이야기의 주제를 바꾸었다. "여기 런던에선 가족과 함께 지내시나요, 에버소우 양?"

"아뇨, 혼자 살고 있어요. 한 사무실에서 일했는데 지금은 좀 쉬고 있죠. 곧 플리트 스트리트에서 일자리를 찾기를 바라고 있어요." 모두 사실이었다. 내가 서커스에서 안장 없이 말을 탔다고 해도 부인은 똑같이 고개를 끄덕이며 내 말을 들었을 것이다. 큰 충격 가운데 있는 부인으로서는 내가 무슨 말을 한들 제대로 집중할 리 만무했기 때문이다.

우리는 어색한 침묵 속에서 차를 홀짝였다.

다시 말문을 열기 위해 나는 방이 훌륭하다고 조심스레 운을 띄웠다. "석판 사진들이 너무 예쁘네요. 편안한 가구에 문화를 접목하는 건 참 참신한 아이디어 같아요."

마치 이 거실에 처음 와본 사람마냥 초점 없는 눈으로 내 시선을 따라 거실을 빙 둘러보던 왓슨 부인이 남은 힘을 짜내어 차 한 잔을 더 따라주었다.

내가 덧붙였다. "이 아기자기한 전자 오르간도 정말 예쁘네요." 가정교사였던 부인이 반평생 피아노 건반 앞에서 보냈을 게 뻔히 짐작 가면서도 넌지시 "연주도 하세요?"라고 물었다.

그녀는 물론 그 질문을 거의 듣지 못했다. "어……음…… 네…… 저는……" 가슴이 저미도록 아파 정처 없이 떠돌던 부인의 마음이 순간 피아노에 놓인 데이지 꽃다발로 향한 듯했다. "많은 꽃이 사람을 위로해주죠," 부인이 다소 막연할 말로 입을 열었다. "적어도 어느 정도는 말이에요. 낯선 분들이 주는 꽃도 위로가 되고요. 사람들은 참 친절해요."

나는 동의의 표시로 고개를 끄덕이며 내심 '얼마 안 되는 꽃인데도 그녀가 진심으로 기뻐하고 있구나.' 하고 생각했다. 정말로 꽃이 그렇게 많은 건 아니었기 때문이다. 물론 그중에는 내가 가져온 꽃다발도 있었다. 내가 가져왔을 때의 배열 그대로 꽃병에 꽂혀 있는 모습이 보기에 좋았다. 왓슨 박사의 행복한 귀환을 바라는 아기자기한 은방울 꽃다발도 있었다. 또 어디에나 있는 카네이션도 있었고, 하얀 장미도 있었다. 그런데…….

지금까지 본 것 중 가장 기묘한 꽃다발 하나가 떡하니 구석 테이블에 처박혀 있었다.

의자에 앉아 있던 나는 나도 모르게 꼿꼿이 허리를 세우고 휘둥그런 눈으로 꽃다발을 쳐다봤다. 하지만 그 순간 "정말 기묘하군요!"라고 중얼거렸을 뿐, 경솔할 수 있는 말은 잘 참아 삼켰다.

"뭐라고 하셨죠?" 왓슨 부인이 서서히 몸을 돌리며 내 관심을 사로잡은 그 대상을 쳐다봤다. "오, 맞아요. 기묘하죠? 양귀비는 빨간색이어야 하는데 이 꽃들은 흰색이에요. 게다가 이 산사나무 꽃은 흰색이어야 하는데 빨간색이고요. 또 이 초록색 꽃들은 뭔지 잘 모르겠네요."

"아스파라거스요!" 사실 난 놀랐다. 물론 채소는 아니었지만 엽상체(전체가 잎 모양과 비슷하게 생겨 편평하며 잎과 줄기, 뿌리의 구별이 없는 식물-역주) 식물이었다. 숱 없는 머리카락 같은 회녹색의 잎이 달렸다가 나중에 싹을 틔우는 그런 식물이었다. "다 자란 상태네요." 통상 아스파라거스는 이맘때 다 자라지 않고, 마치 싹을 틔우듯 줄기만 땅을 뚫고 나온다.

왓슨 부인이 눈을 깜박이며 말했다. "세상에나, 정말 똑똑하시군요! 그걸 어떻게 다 아셨어요?"

"저희 어머니가 식물학자셨어요." 사실, 영국의 교양 있는 여성 중 절반이라고 해도 과언이 아닐 만큼 많은 여성이 꽃과 식물학을 취미로 여긴다고 알려져 있으니 굳이 내 말이 틀릴 것도 없었다.

57

"그러면 어머니가 아스파라거스도 연구하셨나요? 아스파라거스로 꽃다발을 만든 건 정말 처음 보네요."

"저도 처음 봐요." 하지만 녹색이 기묘한 시나년 꽃

들은 한술 더 떴다. 그 꽃말이 오싹하기 그지없었기 때문이다.

목소리 톤에 이런 심정이 드러나지 않도록 조심하면서 내가 물었다. "왓슨 부인, 꽃말에 대해 좀 아시나요?"

"조금밖에 몰라요. 누군가와 꽃말로 대화한 일이 많지 않았거든요." 부인은 부드러우면서도 활기차게 대답했다. "이 산사나무의 꽃은 희망을 의미할 수도 있겠네요. 그렇지 않나요? 그리고 양귀비는 아마도 위안을 의미하겠죠?"

"프랑스 꽃말로는 그렇죠." 하지만 이곳은 영국이었고, 영국 민속에서 부인이 언급한 이 산사나무는 오랫동안 이교도의 신들 및 불운의 강력한 상징인 요정들과 연관되어온 관목이었다. 영국에선 어떤 시골 여성도 예쁜 꽃송이가 달린 이 나무의 잔가지를 실내로 가져오는 일이 없다. 그렇게 했다가는 집안에 재앙이 닥쳐오고, 심지어 죽음이 임할 수도 있기 때문이다.

나는 이 사실을 말하지 않았다. 그 대신 "빨간 양귀비는 위안을 의미하지만, 하얀 양귀비는 잠을 의미해요."라고 말했다.

"정말요?" 부인이 잠시 그 말에 대해 생각해보더니 씩 웃었다. "음, 이젠 정말 잠을 좀 자야 할 것 같아요."

"아, 근데 정말 기묘한 꽃다발이네요. 이걸 누가 줬는지 여쭤봐도 될까요?"

"아, 전 잘 몰라요. 한 소년이 문 앞에 놓고 갔던 것 같아요."

나는 찻잔을 옆으로 치워두고 일어나서는 그 꽃다발을 더 자세히 볼 요량으로 방을 가로질러 갔다. 틀림없이 이 양귀비들은 야생의 것을 임의로 온실에 옮겨 재배한 듯했다. 아네모네를 제외한 모든 꽃은 연중 이맘때 온실로부터 온 것들이었다. 꽃다발에 더 주목할 만한 건 없었다. 다만 그 아스파라거스는 정말 독특하게 재배한 게 틀림없었다. 아마도 누군가 식물에 대한 끝없는 열망을 지녔다면 그렇게 재배할 법도 했다. 하지만 이 산사나무는 어떻게 된 걸까? 시골구석 어디든 잡초처럼 자라는 이 산사나무 같은 쓸모없는 가시덤불을 대체 누가 온실에서 재배하는 고생을 사서 한 걸까?

산사나무를 더 자세히 살펴보았다. 들쭉날쭉한 가지와 메꽃 덩굴손이 복잡하게 얽혀 있었고, 덩굴에 달린 하얀 메꽃들은 이미 시들어버린 지 오래였다.

메꽃 덩굴.

야생 트럼펫 꽃의 일종인 이 메꽃 덩굴은 여름이면 시골 산울타리에 모여든 참새마냥 흔하디흔한 식물이다. 그런데 이 꽃도 산사나무와 마찬가지로 올해 초쯤 야생에 있던 것을 집 안으로 들여왔을 것이며, 더군다나 산사나무와 함께 재배했을 것이다.

59

메꽃 덩굴? 더 정확히는 삼색메꽃으로 알려진 이 식물은 뭔가 대단히 난해한 것, 즉 뭔가 은밀하고, 엉켜 있고, 뒤틀린 것을 의미했다.

그리고 내 보기에 이 불길한 꽃다발은 누군가 꽤 뒤틀린 마음을 가진 자가 보낸 것이 틀림없었다. 그게 누군지 알아내야 했다…….

그런데 부인에게 좀 더 자세히 질문하려던 찰나 별안간 거실 문이 확 열렸다. 하녀가 묻기도 전에 나무랄 데 없이 잘 차려입은 한 키 큰 신사가 거의 급습하듯 맹렬한 기세로 성큼성큼 걸어 들어왔다. 얼굴에 묻어나는 날카로운 인상만큼이나 행동 또한 매가 내리 덮치듯 매서웠다. 셜록 홈즈였다.

6장

유감스럽게도 나도 모르게 헉하고 큰 숨소리를 내버렸다.
공포와 놀라움 가운데 우왕좌왕하다 나도 모르게 벌어
진 일이었다. 이 두 감정은 유명한 오빠와 결부될 때마다
영락없이 날 찾아오는 것 같다. 내 눈에 우락부락하게 생
긴 오빠의 모습은 영국에서 가장 훈남처럼 보였고, 오빠
의 회색 눈은 가장 광채 있는 눈처럼 보였다. 그리고 만
약 상황만 달랐다면…… 아니, 지금 그런 무의미한 꿈이
나 꾸고 있을 때가 아니었다. 난 내가 처한 모든 위험을
잘 알고 있었고, 그 순간 도망쳐버리고 싶은 충동이 강하
게 일었다. 그런데 마침 운 좋게도 그 기묘한 꽃다발을
자세히 살펴보려고 벽에 바짝 붙어 있던 터라 벽이 이런
내 충동을 물리적으로 억눌러주었다. 도망치거나 하는
경솔한 행동을 했다면 아마 오빠도 눈치챘을 것이다.

61

그런데 오빠는 날 거의 쳐다보지도 않았다. 몇 번이나 가슴을 쓸어내리고 난 후에야 나는 그 이유를 깨달았다. 바로 눈앞에 키 크고, 볼품없고, 긴 코를 지닌 여동생 에놀라가 떡하니 서 있었음에도 오빠가 그런 나를 진심으로 알아보지 못한 건 바로 이 변장 때문이란 걸 뒤늦게 깨달은 것이다. 정말로 오빠는 모자와 복장을 제대로 갖춘 매력적인 여성이 왓슨 부인과 함께 있는 것을 본 순간 시선을 다른 데로 휙 돌려버렸다. 누가 보기라도 했다면 오빠가 그런 여성과 어울리는 걸 싫어한다고 대번에 오해할 정도였다.

그리고 설령 내가 아주 큰 소리로 숨을 헐떡였다 할지라도 오빠는 그 소리를 못 들었을 것이다. 때마침 왓슨 부인이 큰 소리로 오빠를 부르며 벌떡 일어섰기 때문이다. "오, 홈즈 씨!" 부인이 오빠에게 두 손을 뻗치며 물었다. "존에 대한 소식이 좀 있었나요? 아니 뭔가 진척이라도……."

오빠의 투박하고 침울한 얼굴로 판단하건대 좋은 소식은 아닐 듯했다. 오빠는 두 마리의 파닥이는 비둘기를 감싸 쥐듯 가죽 장갑을 낀 손으로 왓슨 부인의 손을 움켜잡았다. 하지만 말은 하지 않았다. 말없이 내 쪽을 바라보며 입술로 '조용히 하라'는 신호만 보낼 뿐이었다.

"오! 어쩜 이리도 생각이 짧았을까!" 난 오빠의 의도를 전혀 알아차리지 못했다. 오빠는 부인이 날 보내버리기를 바랐던 거다. 하지만 그러기는커녕 부인은 날 오빠에게 소개해주는 걸 깜빡 잊고 겸연쩍어하는 눈치였다. 부인이 셜록의 손을 놓으며 날 향해 몸을 돌렸다. "음, 저……."

부인은 그야말로 뒤섞인 감정으로 불안에 떨고 있었다. 이럴 땐 차라리 그 상황을 최대한 활용하는 편이 나은 법! 난 부인에게 내 이름을 기억할 필요를 덜어주며 일부러 갈라진 목소리로 물었다. "이분이 정말 그 위대한 탐정 홈즈 씨인가요?" 난 대단히 흥분한 소녀 같은 모양새를 하고 단번에 잰걸음으로 그 앞까지 걸어가 빙긋 미소를 지어 보였다. 아니, 사실 내 어색한 웃음은 미소라기보다 해골 같아 보였을 거다. "오, 정말 흥분되네요!" 난 평소보다 훨씬 높은 톤의 갈라진 목소리로 말했다. 오빠가 날 알아볼지도 모른다는 두려움이 엄습했지만, 나는 두 손으로 오빠의 장갑 낀 손을 불쑥 움켜잡으며 말했다. "오, 잠시만 제 손을 뿌리치지 말아주세요. 제가 그 유명한 셜록 홈즈 씨를 만났다고 숙모에게 자랑해야겠네요!"

내 과한 행동은 원하던 효과를 가져왔다. 셜록 오빠가 움찔한 것이다. 아마 하수구에서 쥐가 불쑥 나타났다 해도 이보다는 덜했을 것이다. 오빠는 서릿발 치듯 매섭게 "저기, 음……." 하고 머뭇거리다가 슬그머니 고개를 들었다.

63

"에버소우, 비올라 에버소우요." 난 계속해서 유난스레 재잘거렸다.

"에버소우 양, 잠시 자리 좀 비켜주시겠어요?"

"물론이죠. 그렇고말고요. 암요. 셜록 씨와 왓슨 부인에게 중요한 의논거리가 있으신 거잖아요. 만나게 되어 정말 영광이고, 너무 기쁘네요……." 지각없는 언행을 재잘거리며 난 충실한 하녀 로즈의 안내를 받아 밖으로 나갔다. 로즈가 미리 내 랩(여성이 장식 보온용으로 어깨에 두르는 천-역주)을 들고 와 있었던 것도 사실 이 때문이었다.

왓슨 저택의 현관문이 바로 내 뒤에 있다는 말을 듣고서도 내가 과연 잘 빠져나갈 수 있을지 의문스러웠다. 잰걸음으로 돌계단을 내려가다 언제라도 셜록이 "잠깐만! 에놀라? 에놀라! 가발 쓴 저 여자를 막아!"라고 말할 것 같았기 때문이다.

하지만 그 대신 왓슨 부인에게 말을 건네는 오빠의 목소리가 들려왔다. "아주 좋은 소식이 아니라 유감입니다만," 진지하면서도 조용히 내뱉은 목소리였지만 오빠의 말은 부분적으로나마 열린 창문 틈을 통해 내게도 명확히 들렸다. "하지만 뭔가 발견하긴 했어요. 왓슨의 의료용 가방이죠."

그 말을 듣고 나는 보도에 잠시 멈춰 섰다. 오, 세상에, 난 그냥 떠날 수가 없었다. 마치 자석이 바늘과 핀을 끌어당기듯 오빠의 목소리가 날 끌어당겼다. 나는 더 많이 알아야 했다. 그런데 이렇게 엿듣다가 붙잡히기라도 하는 날엔?

나는 주머니를 뒤적이며 뭔가를 찾는 척하다가 가던 길을 위아래로 흘낏 훑어봤다. 우유 배달원을 제외하고 거리는 조용했다. 이런 면에서 런던은 기묘한 곳이었다. 빈민가는 열린 문간에 서서 소리치는 여인들, 진흙탕에서 미치듯 날뛰며 뛰어다니는 아이들, 거지들, 노점상들, 술꾼들, 게으름뱅이들로 항상 떠들썩한 반면 환경이 더 나은 거주지 거리는 거의 텅 비어 있었다. 보도에서 왓슨 부부의 저택 정문까지는 잘 문질러 닦은 계단이 있었고, 문 옆쪽으로는 어디 하나 깨지지 않은 말끔한 판유리 창문들이 나 있었다. 또 창문 너머로는 병에 담긴 제라늄과 새장의 카나리아가 보였고, '셋방 있음'이라는 앙증맞은 간판과 레이스 커튼도 눈에 띄었다.

안에 있는 사람은 이 레이스 커튼 때문에 창문 바깥에서 누가 안을 훔쳐본다 한들 알 수 없었다.

셜록 홈즈가 계속해서 말을 이어갔다. "이 가방은 클럽에서 찾았는데요, 누군가 작은 책상 뒤 보이지 않는 곳에 숨겨뒀더군요. 제가 오늘 발견할 때까진 아무도 거기 있는지 눈치채지 못했죠."

"하지만…… 존이…… 존이 그렇게 떠났을 리가 없어요."

왓슨 부인이 간신히 눈물을 참으며 모기만 한 목소리로 말했다.

"당연하죠." 셜록 오빠도 격한 감정이 차오르는 걸 애써 억누르며 말했다. 비통함을 억누르며 말하는 오빠의 목소리를 듣는 순간 내 마음도 아파왔다.

"어떤 의사도, 특히 왓슨 박사라면 자기 가방을 그렇게 놔뒀을 리 없죠."

문득 훌쩍거리며 본심을 드러내거나 채신머리없이 불쑥 끼어들어 엉뚱한 말을 늘어놓고 싶은 심정이 들었다. 하지만 이내 '에놀라, 이 바보야,' 하고 중얼거리며 나 스스로를 꾸짖었다. '당장 도망가라고!'

하지만 난 셜록 오빠와 왓슨 부인 중 누가 힐끗 바깥을 쳐다본다 해도 눈에 띄지 않을 만큼 몇 걸음만 움직였을 뿐이다. 그렇게 난 집과 거실의 가장자리에 해당하는 위치에 장갑을 만지작거리며 서 있었다. 호흡을 가다듬고 쿵쾅거리는 심장을 진정시키면서 말이다. 나는 여전히 오빠의 목소리를 들을 수 있었다. "그래서 이젠 사고 가능성은 좀 배제할 수 있을 것 같은데 말이죠. 그러니까 아직 신원은 알 수 없지만 어떤 의도를 가진 개인이나 기관에 의해 납치당한 것 같습니다."

왓슨 부인이 작은 소리로 무슨 대답인가를 했지만 내게는 들리지 않았다.

"단언할 순 없지만요. 마치 해부라도 되는 양 히스테리를 부려가며 수술을 야유해대는 의료반대 모임이 이런 조직적 결정으로 행동할 것 같진 않아요. 그래도 으레 그렇듯 그 가능성을 아예 배제할 순 없죠. 왓슨의 적들 중 일부는 왓슨의 군 시절 알던 자들일 거예요. 그 가능성도 조사하고 있는데 제 예감으론 그들도 아닌 것 같습니다. 저로선 사실 지하 범죄조직이 가장 의심이 가는데 지금까진 일체 제보 하나 없어요. 마치 한순간 클럽에서 당구를 치던 사람이 다음 순간 땅이 꺼지듯 불쑥 사라져버렸으니……."

그때였다. 몸체에 말발굽 문신이 새겨진 화물 운송 마차 하나가 자갈길 위로 달그락거리며 지나가는 게 보였다. 그 마차의 기사는 호기심 어린 눈으로 날 쳐다보며 대체 내가 왜 거기 서 있는지 궁금한 눈치였다. 런던에선 여성이 거리에서 혼자 코라도 풀려고 잠시 멈춰 서 있으면 창녀의 점잖은 표현인 이른바 '거리의 여자'로 내비칠 위험이 있었다.

"제가 이해할 수 없는 건 아무 소식도 없는 이 침묵, 바로 이 공백이에요." 시끄러운 마차가 다 지나가자 다시 셜록의 목소리가 들렸다. "왓슨이 납치되었다면 왜 어디에서도 몸값을 요구하지 않는 걸까요? 만약 어떤 적이 잡아간 기라면, 이를테면 보복의 성공이 흡족해서 보내는 그런 메시지 같은 게 왜 하나도 없을까요? 지금쯤 그런 자에게서 연락이 올 법도 한데 말이죠. 혹 제게 따로 전해주실 내용은 없으신가요? 혹 평소와 다른 점이라도 없었나요?"

왓슨 부인의 대답은 간결해 보였다.

"꽃들이요?" 홈즈가 멸시하는 듯한 말투로 불쑥 내뱉었다. "세상에 온정이 있어 다행이네요. 그런데 우리가 경찰을 관여시키려면, 검은 가방과 익명의 꽃다발 이상의 것이 필요해요. 생각해보세요. 정말 아무 정보도 없나요……?"

왓슨 부인이 갈라진 목소리로 뭔가를 말했다. "맞아요, 논리적으로 보면 살인이 일어나지 않을 이유도 없어요." 셜록 오빠의 목소리가 이내 한계점에 다다랐다. "물론 그 경우엔 아무 연락이 없겠죠. 저도 모든 가능성을 배제하진 않고 있어요. 하지만 전 희망을 포기할 수 없어요. 절대 포기해서도 안 되고요! 그리고……" 오빠가 입에서 마치 검은 불길이라도 내뿜듯 강력하게 덧붙였다. "전 이 일의 진상을 밝혀낼 때까지는 절대 쉬지 않을 겁니다."

상당한 침묵이 뒤따랐고, 그동안 또 다른 마차가 터덜터덜 지나가는 게 보였다. 이번에는 사륜마차였는데 마부를 비롯해 마차 탑승자들이 역시나 의심에 찬 눈초리로 나를 쳐다봤다. 마치 내가 그들의 사냥감이라도 된 듯한 느낌이었다.

마침내 셜록 오빠가 다시 입을 열었다. "상황에 굴하지 않고 계속 진상을 밝혀나가야 해요. 이 외엔 달리 방도가 없어요. 뭔가 도움이 될 만한 정보가 전혀 없을까요?"

침묵이 흘렀다.

"혹 방문객은 없었나요? 방금 떠난 그 지나치게 감상적인 젊은 여자 말고요? 그런데 그 여자는 누구였나요?"

오, 세상에. 난 더 이상 거기서 버티고 서 있을 수가 없었다. 『여성 도덕 지침서*Ladies' Moral Companion*』의 권고대로 나는 침착하고 조용하지만 너무 처지거나 날쌔지 않게 한 걸음 한 걸음 디뎌나갔다. 마치 아무 일도 없는 듯 태연하게…… 그렇게 모퉁이를 돈 후에야 겨우 숨을 내쉴 수 있었다.

혹 내가 셜록 오빠의 용의자 목록에 추가되었을까?

안 될 말이다. 난 오빠가 '지나치게 감상적인 젊은 여성' 따위에는 관심을 두지 않기를 바랐다. 왓슨 박사에게 무슨 일이 일어났는지 알아내는 동안은 오빠가 자기 시간을 낭비해선 안 되기 때문에 더더욱 그랬다.

하지만 난 상점과 업체들이 즐비한 주요 도로에 발을 내디딜 때 오빠가 시간 낭비를 하고 있다는 사실을 깨달았다. 셜록 오빠는 총명했지만 미궁 같은 문제 해결에 몰두하느라 여성의 영역을 무시하는 실수를 계속 범했다. 이를테면, 진열장 유리를 두리번거리지 않는다든지,

아무리 구미가 당기는 화려한 옷과 보석도 지나쳐버린
다든지, 거리의 사람들을 거들떠보지도 않는다든지……
이 사건의 경우 메시지는 꽃으로 전달되었다.

　내가 볼 땐 실제로 누군가가 산사나무, 양귀비, 삼색
메꽃 그리고 가장 기묘한 녹색 아스파라거스를 통해 자
못 고소해하는 보복의 메시지를 보냈다.

　아스파라거스에 대해서는 사실 전혀 감이 오지 않았
다. 그럼에도 나는 그 기묘한 꽃다발이 범죄의 소굴에
서 온 것도 아니고, 왓슨이 군에서 만난 누군가로부터
온 것도 아니라고 꽤 확신했다. 아니, 난 이 꽃이 이런
조직 중 어느 곳에서도 오래 버티지 못할 만한 사람에
게서 왔다고 확신했다. 하찮아 보이면서도 기묘하고 상
당히 창의적인 방법으로 악의를 일삼을 자 말이다. 그
리고 그 남자 또는 그 여자는 식물학을 활용해 악의를
쫓는 데 너무 몰두한 나머지 온실에서 산사나무를 재배
했을 것이다.

7장

하지만 문제는 이거였다. '과연 이 흥미로운 작자를 어떻게 찾는담?'

세 가지의 가능한 계획이 떠올랐지만, 아무래도 한 가지(온실을 찾아내 조사하는 일)는 너무 시간이 오래 걸릴 듯했고, 또 다른 하나가 더 희망적으로 보였다. 나는 즉시 그 계획을 실행에 옮기기 위해 앉아서 무언가를 쓸 장소를 찾았다.

마침 날씨도 화창하길래 웨스트 런던의 새 공용 식수대 인근의 한 벤치에 앉았다. 식수대는 대부분 전쟁 기념비들마냥 날개가 달린 꽤 큼지막한 동상으로 둘러싸여 있었다. 식수대의 중간 우묵한 부분은 본래 가리비 껍데기처럼 만들 모양이었으나 실제로는 나무에 핀 버섯을 더 닮아 방문객들에게 즐거움을 선사하는 듯했다.

그 밑에는 말들을 위해 화려하게 장식한 식수통도 보였고, 더 아래 인도 가까이엔 개, 고양이, 쥐 또는 거리의 부랑아를 위해 마련된 더 작은 식수통도 보였다. 이 공공 위생 시설을 둘러싸고 사람과 다양한 동물이 한데 어우러져 있는 모습을 보며 난 여전히 앉은 채로 주머니에서 종이와 연필을 꺼냈다. 모든 런던 신문의 인사 광고란에 실을 메시지를 작성하기 위해서였다. 메시지는 여러 번 수정한 끝에 최대한 간결하게 압축했다.

"산사나무, 삼색메꽃, 아스파라거스 그리고 양귀비, 당신이 원하는 게 뭔가? 이 메시지에 응답하라. M.M.W."

맨 마지막의 머리글자(M.M.W.)는 메리 모스턴 왓슨 Mary Morstan Watson을 의미하는 것으로 난 마치 이 여성이 쓴 것처럼 메시지를 보냈다.

최종 수정한 메시지에 나름 만족한 나는 런던의 넘쳐나는 출판사에 보낼 여러 벌의 메시지를 준비했다. 그런 다음 소위 현대 도시 여성으로서 말을 멈추지 않고도 타는 법을 배운 자답게 지나가는 전차에 뛰어올라 운임을 지불하고는 플리트 스트리트로 향했다.

사실 난 과거에도 플리트 스트리트의 여러 출판사 사무실을 방문했었다. 그때도 남자 직원들이 내게 공손히 응대하기는 했지만 그건 어디까지나 형식적인 것이었다. 하지만 이번엔 달랐다. 그들은 평소보다 훨씬 더 예의 바르고 제대로 된 응대를 해주었다. 내 외모상에 일어난 변화 따위는 까맣게 잊은 채 그저 해야 할 일에만 몰두하느라 난 그때까지도 직원 응대가 달라진 이유를 미처 깨닫지 못하고 있었다.

그렇지, 맙소사! 풍성한 머리와 여성스러운 외모로 작전을 펼치고 있었지! 이 기억이 퍼뜩 떠오를 때쯤, 난 스스로에게 화가 날 지경이었다. '이런, 멍청이 같으니.'

신문사에서 메시지도 전달하고 돈도 다 내고 나자 어느덧 해가 저물었다. 몸은 이미 천근만근이었다. 하지만 아직 쉴 형편은 아니었다. 기묘한 꽃다발을 보낸 자를 확인할 계획에 착수해야 했기 때문이다. 보통 사람이라면 단 한 번 승리의 쾌감을 위해 온실에서, 그것도 덩굴에 휘감기도록 산사나무를 재배하지는 않을 것이다. 그런 독기를 품은 자라면 계속 꽃을 통해 증오의 메시지를 보내리라는 심증이 강하게 밀려왔다. 그리고 그렇게 다음 메시지가 도달할 때 난 꼭 그 꽃을 가로채 살펴보고 싶었다.

고로 난 현장으로 돌아가야 했다. 해 질 녘이면 금상첨화일 듯싶었다. 즉 어두움은 내게 유리했다. 내가 왓슨 부인이 사는 거리로 돌아갈 때 부인이 날 볼 가능성이 줄어들기 때문이다. 이중 삼중으로 가리기 위해 이번엔 마차를 불렀다.

드디어 마차가 목적지 바로 앞에 정차했다. 난 마부에게 거기서 기다리라고 했다. 그렇게 그 큰 사륜마차가 나와 왓슨 박사의 집 사이에 서 있도록 했다. '셋방 있음'이라는 간판이 달린 그 집은 알다시피 왓슨 씨 집의 맞은편에 있었다.

그 맞은편 집의 문고리를 두드릴 때 나는 마음속으로 행운을 빌었다. 제발, 그 집의 '셋방'에 왓슨 씨 집 쪽으로 난 창문이 있기를!

다행히도 그 집엔 내가 원하는 쪽에 창문이 나 있었다.

완벽했다.

내 말은 극히 중요한 한 측면에서 그랬단 의미다. 오히려 다른 측면에서 그 방은 그야말로 끔찍했다. 한기도 심했고, 바닥도 맨바닥이었으며, 분위기도 칙칙했다. 또 하나 있는 침대라고는 판자처럼 딱딱한 데다 좁아터져 보였다. 게다가 집주인은 또 어떤가? 매주 비싼 방값을 요구하기로 악명 높은 피도 눈물도 없고 무례한 여자 아닌가? 그리고 보면 그 성질 더러운 여주인의 방이 지금까지 비어 있는 것도 그리 놀랄 일이 아니었다. 나도 집세나 조건에 대해 그녀와 흥정하긴 했지만, 이는 어디까지나 방이 필요한 사람의 모습을 흉내 내는 차원일 뿐이었다. 사실 어떤 대가를 치러서라도 그 방을 잡았을 것이다. 결국 난 몇 분 안에 돈을 건네주고 열쇠를 받았다.

다음 날 아침까지 모든 준비는 끝나야 했다. 그 집을 떠나온 지 반나절 만에, 두 번째 의심스러운 꽃다발이 이미 왔슨 박사의 집 앞에 도착했을 수도 있다. 그렇담 이건 가장 짜증나는 상황이다! 어쨌든 그 악의적 발송인이 또 다른 꽃다발을 보낼 게 분명해 보였고, 이번에 그 꽃다발은 절대 놓치지 말아야 했다.

나는 마부에게 앨더스게이트로 데려가달라고 했다. 그런 다음 그곳에서 내려 기차역 한쪽 문으로 들어갔다가 다른 쪽 문으로 나와 또 다른 택시를 탔다. 이런 예방책은 어느새 내게 제2의 천성이 되었다. 그도 그럴 것이 난 세계 최고 형사의 관심을 한 몸에 받는 도망자로서 언제든 그 형사에게 내 행보를 캐물을 여지를 주어선 안 되었기 때문이다. 나는 다시 다른 마차로 갈아탔고, 그 마차는 나를 인적이 드문 이스트엔드의 거리로 데려갔다. 이스트엔드, 내 진짜 숙소 말이다. 필요한 물건들을 챙기는 동안 마부에게 기다리라고 하고는 숙소로 들어갔다. 다소 놀라 의구심에 차 있는 터퍼 부인의 모습이 보였다.

"며칠 동안 이모네 가 있을 거예요."

"예?" 터퍼 부인이 귀로 보청기를 가져다 대며 말했다.

"이모네 가 있을 거라고요."

"예?" 터퍼 부인의 침침한 눈이 휘둥그레졌다. 여전히 이해하기 힘든 듯한 얼굴이었지만 더 묻지는 않았다. 지난 한 달간 허수아비마냥 무력하게 방에 처박혀 있던 소녀가 어느 날 간신히 방을 박차고 나와 사랑스러운 젊은 여성으로 변신한 것도 모자라, 이제는 승합마차에 옷 짐을 던져 싣고 올라타는 장면을 문간에서 바라보며 틀림없이 터퍼 부인은 고민했을 것이다. 내가 미친 것은 아닌지, 또 이런 행동이 민폐가 되지 않도록 경관을 불러야 하는 건 아닌지 말이다.

"예? 어디를 간다고요? 이 밤중에요?"

"이모네! 가 있을! 거라고요!" 나는 그녀의 귀에다 대고 소리쳤다. 그러고는 양손에 손가방을 든 채 그녀를 지나쳐 휙 나가버렸다.

다음 날 일요일 아침, 난 새로운 숙소에서 숙녀처럼 꽃단장한 모습으로 하루를 맞이하기 위해 입술에 루주도 바르고, 가짜 점도 찍고, 분도 발랐다. 사실 이 새 변장은 굉장히 거추장스러운 일이었다. 런던에서 매주 교회에 다니느라 늘상 치장하는 여자들에겐 덜 성가신 일인지 모르겠지만, 나 같은 사람에겐 정말 고역이었다. 그나마 다행인 건 가발은 아직 다시 매만질 필요가 없어 보였다. 모자까지 여전히 제자리에 고정된 이 풍성한 최신 유행의 가발을 나는 필요할 때면 언제든 뒤집어 쓸 요량으로 침대 기둥 꼭대기에 올려놓았다. 또 가발을 쓰지 않을 땐 혹여나 그 혐오스러운 집주인에게 들킬세라 아침 식사를 위층 내 방 문밖 쟁반에 가져다놓도록 했다. 한편, 나는 잘록한 허리에 큰 골반을 지닌 몸매로 가장하기 위해 코르셋을 착용한 후 꽤 잘 부풀려 주름을 잡은 밝은 녹황색 외출복을 입었다. 그런 다음 창가에 앉아 오페라 관람용 쌍안경을 손에 들고는 전반적으로는 거리를, 특별히는 왓슨 씨 집을 감시했다. 은폐에 좋은 레이스 커튼을 잘 활용하면서 말이다.

왓슨 부인의 눈에 띄지 않는 건 이 새로운 숙소에 도착할 때만 주의하면 될 일이었다. 며칠만 지나면 왓슨 부인과 마주쳐도 상관없을 것이다. 사실 왓슨 부인을 다시 찾아가 자연스레 내가 새 숙소를 구하던 차에 때마침 이전 방문 때 '셋방 있음'이라는 간판을 보게 된 게 얼마나 다행인지 얘기하면서 넌지시 왓슨 박사에 대한 새로운 소식을 물어볼 수도 있을 듯하다.

다만 마치 잠복과도 같은 이 기간이 며칠씩이나 오래 지속되는 일은 없기를 바랐다. 거우 몇 시간만 지났을 뿐인데도 온몸이 근질근질했기 때문이다. 더군다나 '근사하기 이를 데 없는' 거리들은 지나칠 정도로 조용하기만 했다.

주일날 운송 허가를 받은 마부들은 마치 '청결'이 신앙심의 척도라도 되듯 깨끗이 분질러 닦아 반짝거리는 마차의 위용을 자랑하며 산발적 행렬로 왓슨 부인을 비롯한 여러 이웃을 교회에서 집으로 실어 날랐다.

문득 왓슨 부인이 잠깐 말을 쓰다듬는 모습이 보였다. 사실 그렇게 하는 여성은 드물었다. 특히 주일날 입는 아끼는 정장이 더러워질 수도 있는 판국에서는 더더욱 그랬다. 나는 왓슨 박사의 이 매력적인 부인을 감탄과 연민의 눈으로 바라봤다. 그녀는 마치 이미 상복을 입은 듯 검은 옷을 두르고 있었다.

교회 신도들이 안으로 들어간 후 30분 정도는 아무 일도 일어나지 않았다.

그렇게 잠잠한가 싶더니 등이 굽은 한 노파가 숄을 축 늘어뜨린 채 커다랗고 납작한 바구니를 들고 다니며 집집이 바이올렛을 팔고 있었다.

그렇게 30분 정도가 더 흘렀다.

이번에는 배설물 천지인 런던 거리를 청소하는 급수 마차 한 대가 빠르게 달려갔다. 그런데 아이러니하게도 그 급수 마차의 말이 멋들어진 꼬리를 들어 올리며 지금 막 치운 거리를 말똥으로 수놓고 있었다. 참으로 우스꽝스러운 광경이었다. 사실 이런 거리 청소는 쉬는 날인 주일에도 멈추지 않았다. 이유인즉슨 도시는 수많은 말로 넘쳐났고, 말 한 마리당 매일 45파운드의 쓰레기를 배출해댔기 때문이다. 아니면 한때 엄마의 말마따나……

'아차, 엄마 생각은 안 하기로 했지.'

난 생각을 딴 데로 돌리기 위해 옷 앞쪽의 우아한 오 팔 브로치를 잡아당겨 살대(코르셋 앞부분의 가슴을 버티 는 부분-역주)에 꽂아둔 가느다란 단도를 꺼냈다. 그러고 는 이 칼자루를 들어 올리며 마음을 다잡았다. 한번은 강도에게 이 단도를 썼었다. 또 한번은 전혀 다른 부류 의 괴한이 날 칼로 찌르려 했지만 내 코르셋이 방패막이 가 돼주었다. 이때 난 코르셋의 중요성을 깨달았다. 그 래서 코르셋을 여러 겹 입는 방식으로 토막 살인자 잭 더 리퍼(Jack the Ripper, 1888년 런던에서 최소한 다섯 명 의 매춘부를 죽인 살인범-역주)와 같은 극악무도한 자들의 공격으로부터 내 몸을 보호했다. 참고로 그 코르셋은 금속 뼈대가 허리에 손상을 주거나 겨드랑이 아래쪽을 찌르지 않도록 특별히 고안한 것이었다. 또 막대기 같 은 내 체형을 풍만하게 보이도록 해주는 가슴 보정기와 엉덩이 조절기를 받치는 용도로도 난 코르셋을 입었다. 아울러 마치 대형 여행용 가방과 같이 긴히 필요한 물품 들과 엄마의 배려로 얻은 약간의 잉글랜드 지폐를 담는 목적으로도 역시 코르셋을 입었다.

'아, 엄마에 대해 생각하지 않기로 했지!'

옷 앞쪽 단추 사이로 허둥지둥 단도를 밀어 넣으며 코 르셋에 넣고 다니던 물품 목록을 머릿속에 떠올려봤다.

79

붕대, 가위, 요오드, 예비 스타킹, 바늘과 실…….

그때 유모로 보이는 한 여인이 파란 망토와 보닛으로 한껏 차려입은 채 아래쪽 거리를 지나가고 있었다. 그녀는 한 손으로는 덮개가 있는 유모차를 끌고 있었고, 다른 한 손으로는 레이스로 된 핑크 드레스와 하얀색 점퍼스커트(블라우스나 스웨터 위에 입는, 소매 없는 웃옷과 스커트가 한데 붙은 옷-역주)를 입은 어린아이 손을 붙들고 있었다.

문득 하품이 나왔다.

……머리 스카프, 붙임 머리(인조 머리), 변장용 코안경, 돋보기안경, 각성제, 얼음사탕, 비스킷…….

그때였다. 길 맨 끝 쪽 모퉁이 부근에서 웬 누더기 차림의 작은 소년이 자신보다 더 큰 꽃다발을 들고 있는 모습이 보였다.

그 광경에 머릿속 물품 목록과 권태감이 눈 깜박할 사이에 사라져버렸다. 나는 얼른 오페라 관람용 쌍안경을 집어 들고는 소년이 들고 있는 꽃다발을 자세히 살펴보았다. 그러나 그 소년, 그 빌어먹을 무식한 거리 부랑아는 고개를 푹 숙인 채 겨드랑이에 꽃다발을 꼭 틀어쥐고 있었다. 꽃은 거의 보이지 않았다. 대신 나는 잠시나마 소년의 후줄근한 격자무늬 옷과 다소 어리바리해 보이는 얼굴을 기억해두는 데 만족해야 했다. 소년은 각 집의 호수를 살피느라 입을 벌린 채 잠시 멈춰 서 있었다.

사실 소년은 왓슨 씨의 집에 배달을 온 게 아닐 수도 있다. 그게 무슨 꽃다발이든 이번 사안과는 관련이 없을 수도 있다.

이런저런 생각에 심장이 두방망이질 쳤다. '아닐 리가 없어……. 틀림없이 그 꽃다발을 배달하는 걸 거야.'

내 생각은 적중했다.

문 옆쪽에 적힌 주소를 한참 들여다본 후, 소년은 왓슨 씨 집의 계단을 오르기 위해 몸을 돌렸다.

그제야 내게 등을 보이는 소년을 통해 꽃다발을 똑똑히 볼 수 있었다.

나도싸리(노란 꽃송이가 늘어지게 피는 작은 나무-역주).

실잔대(종 모양의 청색 꽃이 피는 야생화-역주).

다시 삼색메꽃.

다시 '아스파라거스' 줄기 몇 가닥.

주목나무의 잔가지들.

맙소사.

오페라 관람용 쌍안경을 떨어뜨린 채 벌떡 일어난 나는 가발(모자 그리고 기타 등등)을 머리 위에 눌러쓰고는 내 임시 숙소에서 뛰쳐나와 허겁지겁 계단을 내려갔다. 소년이 배달을 마치자마자 잡을 의도에서였다.

8장

나도싸리, 알다시피 이 꽃은 매우 예쁜 꽃이지만, 노란 색을 띤 폭포처럼 쏟아져 내리는 것이 마치 '울고 있는' 것 같은 모양새다.

푸른 실잔대는 오랫동안 요정, 불운, 비현실적인 사건 등 '비통한 일에 빠진다'는 의미를 띤다.

주목나무는 무덤가에 있는 나무로 죽음을 의미한다.

그래서 설령 삼색메꽃과 아스파라거스가 없다 할지라도, 장담하건대 이 꽃들은 다른 기묘한 꽃다발과 같이 악의를 품은 자들에게서 온 게 확실해 보였다. 그런데 이자들이 과연 왓슨 박사의 실종을 주도한 자들일까?

아래층과 현관문을 지나 될 수 있는 한 빨리 거리로 달려 나가봤다. 왓슨 씨 집으로 느릿느릿 꽃을 배달했던 그 빌어먹을 물고기 입 모양의 소년이 지금은 종종걸음으로 길모퉁이를 돌아가고 있었다.

오, 안 돼.

하지만 그는 나한테서 도망치고 있는 게 아니었다. 어쨌든 난 내 스커트 앞부분을 양손으로 들어 올리고 그를 뒤쫓았다.

나는 팔다리도 긴 데다 뛰는 것도 좋아하는 편이지만 — 늘 달리고, 기어오르고, 마치 두 발 달린 동물처럼 행동했던 난 가족의 불명예였다 — 빌어먹을 스커트 때문에 영 속도가 나질 않았다. 스커트를 무릎까지 걷어 올리느라 팔을 휘젓지 못하니 당연한 노릇이었다. 몸동작도 덩달아 우스꽝스러워졌다. 머리도 불안하게 흔들리고, 몸도 좌우로 뒤뚱거리는 등 그야말로 총체적 난국이었다. 그런 나를 누가 보기라도 했다면, 파리의 커다란 녹색 거위를 떠올렸을 게 틀림없다.

구경꾼들은 날 경악스러운 눈으로 쳐다봤다. 실크 장갑을 낀 두 손을 입에 가져다 대며 얼빠진 사람마냥 서 있던 여성을 재빨리 지나친 것도 기억난다. 특히 신사들에게 내 다리가 어떻게 비쳤을지를 떠올리면 그 얘긴 입에 담기도 끔찍할 정도다. 보통 야회복을 입을 때 가슴 위쪽은 상당히 노출해도 치마 밑으로는 발목 부분의 1인치도 보이지 않도록 하는 게 통례이기 때문이다. 하지만 난 내가 이렇게 보이든, 누가 뭐라고 생각하든, 신

83

경 쓸 경황이 없었다. 모퉁이를 돌 때쯤 그 부랑아가 그다지 멀지 않은 앞쪽에서 연신 뛰고 있었기 때문이다.

"이봐!" 나는 소년에게 소리쳤다.

정말 순진하게도 난 아이가 돌아서서 멈춘 후 나와 가벼운 대화를 나눌 거라 기대했다. 또 아이에게 1페니 정도 찔러주면 원하는 걸 얻게 되리라 기대했다. 하지만 아이는 사냥견 앞의 토끼마냥 휘둥그런 눈을 해서는 황급히 달아났다.

그 어리석은 쪼끄만 망나니는 뭐가 그리 무서웠던 걸까?

"이런 바보 같으니, 기다려! 이리 돌아왓!" 난 속도를 늦추지 않고 성큼성큼 뒤쫓아 가서 손쉽게 그 쪼끄만 빈민굴 출신 녀석의 앞을 가로막았다. 사실 녀석이 코벤트 가든으로 가지만 않았어도, 교통체증이 심한 거리로 도망치지만 않았어도, 순식간에 녀석을 따라잡았을 것이다. 하지만 아이는 보도를 따라가지 않고 날 피해 자갈길로 향했다. 그러고는 감자를 실은 짐수레와 손수레, 마차들 사이를 누비는 것도 모자라 역마차를 끄는 말들의 발굽 사이를 헤집고 다녔다. 두말할 나위 없이 도시에서 나고 자란 아이는 달리는 승합마차를 피해 다녀본 적도 없는 시골 소녀에 비해 훨씬 유리한 길로 도망쳤다. 그렇게 마치 장난이라도 치듯 날 따돌리던 아이는 어느새 내 시야에서 완전히 사라졌다.

난 아이를 마지막으로 본 모퉁이에서 상기된 얼굴로 헐떡거리며 멈춰 섰다. 한 손으론 스커트를 들어 올리고, 다른 한 손으론 머리에서 막 떨어져 나갈 듯한 가발을 붙들고 말이다. 빌어먹을, 가발! 아무리 성가시더라도 미리 좀 써보고 핀 같은 걸로 고정시키고 왔어야 했다. 숨이 턱끝까지 차올랐다. 머릿속에 떠오른 막말들이 나도 모르게 닥치는 대로 튀어나왔다. 사방을 둘러보니 어디로 방향을 틀어야 할지 도무지 감이 오지 않았다.

그 순간 거의 포기할 뻔했다. 아니, 사실 포기했다. 분노와 패배로 긴 한숨을 내쉬던 나는 이내 스커트 자락을 내려놓았다. 말 배설물로 뒤범벅인 상태였지만 발목이라도 가려볼 요량으로 아직 멀쩡한 부분을 늘어뜨린 것이다. 다음으론 일요일 산책 복장을 한 사람들의 시선을 애써 무시한 채 금방이라도 벗겨질 듯한 가발을 양손으로 눌러썼다. 그렇게 매무새를 가다듬으며 가발을 들어 올리려는 그때……

어디선가 "안 돼!" 하고 외치는 고음의 목소리기 들려왔다.

깜짝 놀라 그 공포 속 간청의 외침이 어디서 들려오는지 살펴보았다. 거리를 떠돌아다니던 그 부랑아였다. 지금껏 쫓고 있던 그 아이 말이다. 아이는 모퉁이 부근 잡화상의 폐문 옆 한 상자(원래 포목류 제품의 전시용으로 마련해둔 상자)에 숨어 있다가 휘둥그레진 눈으로 날 빤히 쳐다보고 있었다. 이렇게 난 얼떨결에 아이의 탈출을 막고 있었다. 하지만 아이가 소리를 지르지 않았다면 난 아이를 못 봤을 수도 있다.

"안 돼, 제발, 그러지 마!" 소년이 외쳤다.

난 놀라서 꼼짝도 안 하고 서 있었다. 하지만 그러는 와중에도 내 손은 어느새 가발로 향하고 있었다. 머리 모양이 제대로 됐는지 살피려는 의도에서였다. "뭘 하지 마?" 내가 불쑥 내뱉었다. 아이가 뭘 그렇게 두려워하는지 도통 감이 오지 않았다.

아이가 불쑥 비명을 내질렀다. "머리칼을 벗지 마! 코도 떼지 마!"

"아," 당황한 난 천천히 그리고 지혜롭게 고개를 끄덕였다. 마치 아이가 전부 설명해줘 이제 모든 걸 이해하게 됐다는 듯이 말이다. 모자란 녀석인 게 분명한지라 조심스러울 필요가 있었다. 마치 궁지에 몰린 동물이라도 마주한 듯 난 아이가 불쑥 움직이지 않도록 조심하면서 얼른 가발에서 손을 뗐다. 머리 모양 따위가 중요한 게 아니었다. "그래 알았어." 편안하게 달래는 말투로 내가 말했다. "자, 해치지 않으니까 안심해. 돈이라도 좀 줄까?" 난 주머니에 손을 넣어 동전을 한 움큼 꺼냈다.

짤랑짤랑 울리는 소리를 듣고 반짝이는 동전을 흘끗

보더니 아이는 좀 차분해진 듯싶었다. 아이가 너무 심하게 불안해하고 있는 건 아닌가 싶었는데 차츰 누그러지면서 돈에도 좀 관심을 보이는 듯했다.

"잠시 얘기 좀 하고 싶어서 그러는데 좀 나와주겠니?" 내가 달래며 물었다.

"안 돼!"

"그럼, 내가 그리로 좀 들어가도 될까?" 나는 아이가 웅크리고 있는 상자 앞 보도에 철퍼덕 주저앉았다. 이렇게 한 건 피곤해서만은 아니었다. 달리느라 녹초가 되기도 했지만 이 방법밖엔 이 어처구니없는 상황에서 벗어날 도리가 없어 보였기 때문이다. 그런데 그때였다. 내 주변을 둘러싸고 구경꾼이 몰려들더니 혹자는 겁에 질려 헉하는 소리를 내지르기도 했고, 혹자는 화들짝 놀라 뒤로 물러서기도 했다. 마치 주저앉는 내 행동이 무슨 전염병이라도 퍼뜨리듯 말이다. 불과 2년 전 여왕의 50주년 기념일 동안에도 한 여성이 전나무 잔가지를 자신의 부츠 위에 꽂기 위해 크리스털 팰리스 내의 좁은 길 한가운데 주저앉았었다. 그리고 얼마 후 이 여성은 정신병원에 강제로 입원했다.

그녀를 정신병원에 집어넣은 건 바로 그녀의 남편이었다. 여성이 소위 정신 나간 행동, 즉 소설을 읽거나, 영성 회의에 참석하거나, 말다툼을 벌이거나, 불순종하는 행동 등으로 정신병원에 입원하는 경우가 드물지 않다. 아내의 존재가 짐스러운 경우 이혼으로 물의를 빚기보다 검은 마차(4인승 사륜마차)를 몰고 다니는 '시체도둑(과거 특히 의학 실험용으로 팔기 위해 무덤에서 시체를 도굴하던 사람-역주)'에게 아내를 넘기는 편이 훨씬 모양새가 낫다는 소문도 심심치 않게 들렸다.

문득 내가 남편을 갖지 않기로 한 건 꽤 잘한 일 같다는 생각이 들었다. '미친 듯이 달린' 터라 여전히 헐떡거리면서도 이런 생각을 하니 얼굴에 미소가 절로 지어졌다. 마치 아이와 차 마시기 소꿉놀이라도 하듯 내 사냥감과 무릎을 맞대고 앉은 상황에서 난 그 불결하고 쪼끄만 거리의 부랑아에게 말했다. "안녕, 만나서 정말 반가워." 그러고는 마치 사탕 과자를 고르듯 내 손가락 사이에 있던 1페니를 들어 올렸다. "실은 내가 좀 사정이 있어. 그래서 널 지켜볼 수밖에 없었거든. 조금 전 왓슨 씨 댁으로 꽤 사랑스러운 꽃다발을 가져다놓던데……."

"난 왓슨을 몰라." 소년의 시선은 동전에 고정되어 있었다.

"그런데 어떤 집인지는 어떻게 알았니?"

"그 남자가 내게 번호를 알려줬어."

"어떤 남자?"

"으으 그 남자는 '코'를 벗었어."

마음은 이미 내 지친 다리만큼이나 녹초였지만 천천히 그리고 점잔을 빼면서 나는 다시 한 번 고개만 끄덕거리며 물었다. "그럼 그 남자는 어떻게 만난 거니?"

"으가 불렀어." 아이는 손짓하는 동작을 취했다. 이는 보통 어떤 중요한 사람이 꾸러미를 옮기거나, 메시지를 전하거나, 말고삐를 죄거나, 간단한 심부름을 시키기 위해 거리에서 어정대는 소년을 부를 때 쓰는 손동작이었다.

"그가 이륜마차에 탔었니? 아니면 도그카트(dog-cart, 사륜마차 또는 개 수레-역주)에 탔었니?" 내가 물었다.

"아니! 으는 반짝반짝 빛나는 아차에 탔어."

아이에게 아까 말한 도그카트가 말이 끄는 마차란 걸 설명하는 일은 제쳐둔 채 난 다시 이렇게 단순히 물었다. "말 두 필이 끄는 사륜마차였니? 말 한 필이 끄는 사륜마차였니?"

"사룽아차가 뭔지 잘 몰라. 바큇살이 노란색인 멋진 검은색 아차였어."

이건 그야말로 런던 마차의 절반에 해당되는 설명이었다. 난 다시 한 번 시도했다. "그 남자가 덧옷도 입고 있었니?"

"맞아. 덕옷도 입었어. 으는 내게 작은 꽃다발을 주고, 1페니도 주고, 2펜스도 줬어."

이느딧 나에 내한 누러움은 까낳게 잊은 채 아이는 점

89

점 말이 많아지고 있었다. 잘된 일이었다. 다만 왜소한 몸에 머리만 무척 큰 아이, 아울러 지능이 좀 많이 떨어지는 이 아이에게 무슨 질문을 더 해야 할지 다소 난감하긴 했다.

"음, 그 남자는 어떻게 생겼니?"

"오또케 생겼냐고? 긴 얼굴에 턱수염이 있고 코는 없어."

소년이 또 코 이야기를 했다.

"그가 코를 떼었니?" 목소리에 깃든 의심을 없애려고 노력하면서 내가 되물었다.

보아하니 작전이 먹힌 듯했다. 아니면 소년을 사로잡던 기억의 공포가 밀려와 순간 허둥지둥 말이 튀어나왔는지도 모르겠다. "으 남자가 나한테 꽃을 주려고 고개를 내밀었어. 근데 문에 부딪혀서 코가 무릎 아래로 떨어졌어. 으 남자가 그걸 와락 움켜쥐더니 날 막 저주했어. 그러고는 날 향해 그 코를 막 흔들어댔어. 너무너무 무서웠어. 그러더니 그 꽃을 당장 가져가라고 하면서, 안 그러면 날 쫓아와 똑같이 만들어줄 거고, 덤으로 눈알까지 뽑아버릴 거라고 했어."

"코에 피가 묻어 있었니?"

"아니!" 아이는 떨기 시작했다. "얼굴이 밀랍으로 만들어졌냐는 둥 그런 말은 더 하지 마."

"그 남자의 코가 있던 자리엔 뭐가 있었니?"

"암것도! 코 자리엔 우멍만 있는 해골 같은 인간이었어." 소년은 벌벌 떨고 있었다.

"구멍?"

갑자기 소년이 경련과 발작을 일으키기 시작했다. "제발, 머리칼을 벗지 마, 귀도, 아무것도 떼지 마!"

"오, 저런, 내가 왜 그러겠어? 근데 그 남자가 자기 코를 도로 붙였니?"

"모르겠어! 난 도망쳤어! 말한 대로 난 꽃을 들고 왔고, 그러곤 당신이 쫓아왔어!"

길거리 부랑아 소년이 흐느끼기 시작했다. 그 소리는 교양 없는 어린 부랑아가 늘상 내는 단순 무식한 울음소리가 아니었다. 영혼에서 느껴지는 고통의 통곡이었다. 분명 아이가 맞닥뜨린 지금 이 상황이 아이를 상당히 속상하게 하는 듯했다. "근데 당신은 왜 날 쫓고 있는 거야?"

"넌 몰라도 돼." 난 일어서서 (그 길을 지나가던 소위 교양 있다고 하는 사람들이 적절한 거리를 유지한 채 날 오랫동안 빤히 쳐다보고 있는 걸 인식하면서) 그 아이에게 1페니 대신 6펜스를 쥐여주었다. 아이에게 고통을 안겨준 게 미안해서였다. 이제 그 아이에게서 뭔가를 더 얻어내고자 하는 건 분명 의미 없는 일로 보였다.

아, 근데 의미라? 뭘 얻어냈든 내가 얻어낸 것에 의미가 있기는 한 걸까?

9장

가장 인적이 드문 경로를 통해 한때 임시 숙소였던 곳으로 돌아간 나는 벨을 울려 뜨거운 물을 요청했다. 그 물로 몸을 씻고 깨끗한 드레스로 갈아입었다. 그런 다음 스펀지로 벗어둔 스커트에 묻은 흙먼지도 털어냈다. 아울러 머리를 다듬으면서, 즉 가발을 떼어내 빗질도 하고, 누가 봐도 매력적으로 보이게 매만져 고정시켜놓으면서 이제 뭘 해야 할지 생각했다.

또는 생각해보려고 했다. 하지만 내 머릿속엔 온통 그 남자에 대한 궁금증뿐이었다. '도대체 그 남자는 어쩌다가 코를 잃어버린 걸까?' 어렴풋이 르네상스 시대 때 결투에서 코를 잃어버릴 만큼 파란만장한 삶을 살았다고 하는 덴마크 천문학자가 떠올랐다. 그런데 사실 지금의 전투는 칼이 아니라 권총으로 행해지고 있고, 영국에서 권총은 여전히 금지된 품목이었다. 대륙의 어떤 나라도 이보다 퇴보된 나라는 없다고 할지라도 말이다. 문득 권총으로 마음만 먹으면 얼마든지 코를 쏘아 떨어뜨릴 수 있을 듯싶었다. 맞다, 그 덴마크 천문학자의 이름은 튀코 브라헤Tycho Brahe였다. 그는 결투 후에 법정 순도의 은으로 만들어진 코를 착용했었다. '근데 왜 금이 아니라 은이지?' 문득 궁금해지기도 했다. 만약 금이었다면 그보다 괴팍한 취향도 없었을 것 같지만. 아무튼 빅토리아 여왕 시대 이전에는 얼굴에 인공물을 부착하는 관행에 대해 관대했던 것 같다. 생각이 여기에 미치고 나니, 인조 코처럼 얼굴에 손을 댄 남자가 영국에는 많을 것 같다는 생각이 들었다. 결투뿐 아니라 세포이 항쟁Indian Munity과 제2차 영국 대 아프가니스탄 전쟁 Second Anglo-Afghan War과 같은 전쟁에서도 많이들 얼굴에 부상을 입었기 때문이다. 물론 그들은 사정상 은제 코나, 턱, 귀를 착용하지는 않았을 테지만 말이다…….

밖에서 문을 두드리는 소심한 노크 소리가 들려왔다. 문밖에는 열 살도 채 안 먹은 듯한 작고 가녀린 소녀 하나가 서 있었다. 그녀가 내게 물었다. "저녁 드시겠어요, 에버소우 양?"

"그래, 바로 내려갈게." 이 임시 숙소 주인의 성품은 터퍼 부인께는 정반대로 끔찍하기 싹이 없었지만 음식

수준은 몇 수 위였다.

민트 소스를 곁들인 구운 양고기로 훌륭한 저녁을 먹는 동안, 나는 소녀를 보내 저녁 신문을 사오도록 했다. 저녁 식사를 마친 후엔 방으로 돌아와 가스등을 켰다. 여기서 이런 편안하고 효과적인 점등 시설을 써보다니 웬호사인가 싶었다. 물론 배관에선 쉬익 하는 소리와 함께 정신병자가 뭔가를 입안에서 우물대는 것 같은 소리가 들리긴 했지만 말이다. 나는 쾌적하기 그지없는 의자에 앉아 모든 신문을 빠짐없이 읽어나갔다. 우선은 왓슨 사건에 진전이 있었는지 그리고 신고된 사람은 없었는지 살폈고, 다음으론 내 개인 광고가 잘 실렸는지 확인했다. "산사나무, 삼색메꽃, 아스파라거스 그리고 양귀비, 당신이 원하는 게 뭔가? 이 메시지에 응답하라. M.M.W."

광고는 내가 요청한 그대로 실렸다.

흥미롭게도, 문득 그 기묘한 꽃다발을 보낸 자가 틀림없이 '남자'일 거라는 생각이 들었다. 일단 그의 코 문제는 차치하고서 말이다. 보통 꽃들은 여성의 영역에 있는 것으로 여겨진다. 맬서스와 다윈을 추종하는 소수의 별난 아마추어 과학자가 항상 온실에서 난초를 교잡 수분시키려고 노력하던 것 같은 특이한 경우를 제외하면 말이다. 그런데 좀 더 깊이 생각해보면, 결혼을 전제로 연애 중이거나 결혼한 남자는 누구든 자연스럽게 꽃말을 배우기 마련이다. 문득 확고부동한 독신인 두 오빠가 꽃말에 대해선 아무것도 모를 거라는 게 너무나도 다행으로 여겨졌다. 꽃말을 알았을 경우 틀림없이 셜록 오빠는 왓슨에 관한 어떤 요구가 담긴 개인적 광고들을 주시하면서 내가 낸 '산사나무, 삼색메꽃, 아스파라거스 그리고 양귀비' 광고를 알아챘을 것이고, 심지어 아주 흥미로워하면서 그 메시지가 어쩌면 엄마와 나하고도 관련 있을 거라고 상당히 오해했을 것이다. 꽃말을 모르는 셜록 오빠가 과연 진실에 가까운 추측을 해낼 수 있을는지 의문스러웠다. 어쨌든 난 아침에 그 산사나무 남자로부터 회신이 있기를 바랐다.

한편 난 오늘 아침과 어제 너무 바빠서 읽지 못한 신문들도 샅샅이 훑어보았다.

읽어야 할 게 너무 많았다. 딱히 신문을 다 읽어야 할 특별한 이유는 없었지만, 내겐 최근 뉴스 정도는 알아둬야겠다는 나름의 원칙이 있었다. 하지만 채 몇 분도 지나지 않아, 설렁설렁 읽는 것도 모자라 아예 잘 읽지도 않은 채 넘겨버리고 있는 나 자신을 발견했다. 하품이 나왔다. 마지막으로 보고 있던 『펠 멜 가제트』지의 '인사 광고란'까지 다 읽은 후엔 신문을 죄다 모아 불쏘시개감으로나 써야겠다는 생각이 들었다.

그런데 바로 그때였다. 연속된 낯선 낱자들이 내 눈에 쏙

들어왔다.

422555 415144423451 334244542351545351
3532513451 35325143 23532551 55531534
313234554411435432513 31533

오.

오, 세상에. 졸다가 갑자기 눈이 확 떠졌다. 심장이 쿵
쾅거리는 가운데 종이와 연필을 찾아 손을 뻗었다.

먼저 알파벳을 순서대로 적어봤다.

ABCDE
FGHIJ
KLMNO
PQRST
UVWXYZ

그런 다음 두 개의 연속된 숫자들로부터 해독을 시작했다.

4번째 줄의 2번째 글자인 Q. 2번째 줄의 5번째 글자인 J.
'QJ'?

이건 아닌데…… 실수를 깨달으며 나는 다시 시작해
봤다. 2번째 줄의 4번째 글자인 I. 5번째 줄의 2번째 글

자인 V, 5번째 줄의 5번째 글자인 Y.

　IVY. 그래, 말이 되는군. 이건 날 가리키는 거였다.

　가스등 안에서 살랑거리던 가스 불빛 소리가 이젠 마치 방 안에 유령이라도 있는 듯한 소리를 자아내고 있었다. 또 가슴을 고통스럽게 조여오던 코르셋 때문에 점점 숨쉬기가 곤란해지고 있었다. 하지만 해독을 완료하는 데 그리 오랜 시간이 걸리지는 않았다.

IVY DESIRE MISTLETOE WHERE WHEN LOVE
YOUR CHRYSANTHEMUM

아이비. 바람. 겨우살이. 어디서. 언제. 사랑.

당신의 국화.

모든 가능한 메시지 중 최고이자 최악이었다.

　나는 더 이상 엄마에 대한 생각을 회피할 수 없을 것 같았다.

그날 밤 난 거의 잠을 이루지 못했다. 정말이지 그 따뜻한 은폐용 검은 옷을 전부 터퍼 부인에게 맡겨두고 오지 않았더라면, 잠자리에 들기는커녕 그 옷들을 입고 나가 나보다 더 불운한 사람들을 찾아다녔을 것이다. 그리고 그렇게 그늘에게 음식과 실링을 나눠주면서 나 자신의 어려움 따위는 마음 한편에 접어뒀을 것이다. 사실 그런 야간 탐색은 내 일정의 한 부분을 차지할 정도로 굳어진 일이었다. 그런데 그 일마저 못 하게 만들다니, 이 빌어먹을 비올라 에버소우! 밖에 나가는 대신 딱딱하고 비좁은 침대에 누워 있으려니 온갖 생각이 마치 어린애들마냥 꼬리에 꼬리를 물고 제멋대로 펼쳐지고 있었다.

이게 엄마의 메시지라면 해가 서쪽에서 뜰 일이었다. 엄마가 먼저 말을 건 적은 없었기 때문이다. 말을 거는 건 항상 내 쪽이었다.

이 메시지는 속임수가 아닌가 하는 생각이 들었다. 지난번과 마찬가지로 '엄마'가…… 아니, 셜록 오빠가 이번에도 만남을 청하는 술수를 쓴 듯싶었다. 꽃 암호를 알아듣게 된 셜록 오빠가 '만남a meeting' 대신 '겨우살이 mistletoe'라는 표현을 쓴 것만 제외하면 말이다.

하지만 달리 생각해보면 확실히 셜록 오빠는 지금 당장은 내게 어떤 시간도 낭비하지 않을 것이다. 왓슨 박사가 실종된 마당이니까!

그렇다면 아마도 이 메시지는 진짜 엄마의 메시지일지도 모른다.

만약 그렇다면 엄마는 틀림없이 어떤 심각한 곤경에 처해 있을 것이다.

하지만 엄마가 날 급히 볼 요량이었다면 시간과 장소

where and when를 표시하지 않았을까?

그게 아니고 누군가 날 잡기 위한 덫을 놓은 거라면 나로 하여금 장소와 시간을 선택하도록 한 게 곧 날 잡을 유인책이 아니었을까?

냉철히 보자면, 엄마라면 '겨우살이'라는 글자를 썼을 리가 없다. '겨우살이'는 한 신사와 그의 애인 사이의 밀회를 의미하기 때문에 사실 뜬금없이 들린다. 엄마였다면 '별봄맞이꽃scarlet pimpernel'이라는 글자를 썼을 것이다.

엄마는 '별봄맞이꽃'이란 글자가 암호화하기에 글자 수가 너무 많다고 생각하지 않았을까?

그렇다면 엄마는 줄여서 '뚜껑별꽃pimpernel'이라고 쓰면 썼지 '겨우살이mistletoe'라고 쓰지는 않았을 것이다.

이건 그럼 엄마가 보낸 메시지가 아닌 걸까? 결코 엄마가 보낸 게 아닌 그저 가짜 메시지에다 속임수일까?

하지만 그런 거라면 왜, 누가 그랬을까?

그 메시지는 『펠 멜 가제트』지에만 실렸고, 다른 신문들에는 실리지 않았다. 즉 엄마가 가장 좋아하는 출판물에만 실린 것이다.

그런 맥락으로 보면 엄마한테서 온 메시지여야 앞뒤가 맞는다. 아니 엄마한테서 온 메시지였으면 싶었다.

그렇다면 난 엄마를 보고 싶어 한 걸까?

맞나, 보고 싶어 했다.

아니, 난 엄마에게 화가 났었다. 엄마가 그럴 만한 이유를 충분히 제공했으니까.

IVY DESIRE MISTLETOE WHERE WHEN LOVE
YOUR CHRYSANTHEMUM
아이비. 바람. 겨우살이. 어디서. 언제. 사랑.
당신의 국화.

이 메시지엔 '사랑love'이란 말도 쓰여 있었다.

엄마는 생전에 내게 그런 말을 해준 적이 없다.

이 말은 속임수였다.

이 말은 내가 항상 듣고 싶었던 말이지, 엄마가 내게 해줄 리 없는 말이다.

어쨌든 이 메시지는 거짓이다…… 그렇다면 이 메시지는 누구에게서 온 걸까?…… 아니면 결국 엄마가 자신의 마음 깊은 곳에 자리한 나에 대한 애정을 발견한 걸까?

만약 응답하지 않는다면, 난 계속 궁금해질 것이다. 반면에 응답한다면, '사랑'이라는 이 변덕스러운 단어 하나 때문에 나 자신과 내 자유를 위태롭게 하는 꼴이 될 것이다.

자고로 뭘 해야 할지 모를 땐 신중을 기하기 위해 아무

것도 하지 말아야 한다. 하지만 난 몸이 근질거려 아무 것도 하지 않고는 못 배기는 성격이다. 그래서 밤에 돌 아다니는 걸 굉장히 좋아한다. 하지만 사실상 그 자유 를 좀처럼 누리지 못한 나는 밤새 거의 한숨도 못 잔 채 새벽에 일어나 외출 준비에 나섰다. 어디서 뭘 하려고 나가는지 특정한 곳을 정하지도 않은 채 그렇게 도시 의 거리를 '거닐기 위해' 만반의 준비를 했다. 생필품으 로 무장한 코르셋과 페티코트를 착용한 후 주름 장식과 리본이 달린 드레스를 입고 얼굴을 아름답게 꾸몄다(즉, 완전 변장을 했다). 하지만 그 와중에도 내 마음은 끝없는 생각에서 헤어나오지 못하고 있었다. 그 암호 메시지가 정말 엄마에게서 온 걸까? 그 암호 메시지에 답을 해야 할까? 만약 그렇다면 언제 그리고 뭐라고 답해야 할까?

우유부단한 게 정말 싫긴 하지만 당분간은 기다릴 것 이다. 분명한 건 내가 엄마에게 도움을 청한 유일한 시 간 동안 엄마는 날 끊임없이 기다리게 했었다. 정말로 엄마는 내게 아무런 응답도 하지 않았다. 아, 정말 어찌 나 속상하던지! 이런 감정을 다스리기 전까진 행여나 나 중에 후회할 말이라도 내뱉게 될까봐 절대 엄마를 보지 않겠노라고 다짐까지 할 정도였다. 하지만 만약, 이번 에는 정말로 엄마가 내게 손을 내민 것인데 내가 응답하 지 않고 있는 거라면 … 엄마가 아프고, 살날이 얼마

남지 않은 상황이라면? 이게 내가 엄마와 화해할 마지막 기회라면?

말도 안 돼. 만약 엄마가 죽어가고 있다면, 엄마는 내게 만날 시간과 장소를 말하라고 결코 요구하지 않을 것이다!

그렇지만……

그렇지만, 내 생각은 마치 방앗간의 소가 지칠 때까지 끊임없이 방아를 돌리며 곡식을 갈아대듯 계속해서 맴맴 돌고 있었다. 그렇게 난 실종된 왓슨 박사며, 의지할 곳 없는 왓슨 부인이며, 가장 특이한 착탈식 코를 지닌, 그 기묘한 꽃다발을 보낸 자에 관해 거의 까맣게 잊고 있었다.

하지만 관자놀이 위로 작은 점을 붙일 무렵, 전날 품은 의문, 즉 '전투로 얼굴이 손상된 남자들은 얼굴의 결함을 개선하거나 숨기기 위해 뭘 했었나?'에 답이 될 만한 생각이 불쑥 떠올랐다. 그건 바로 눈에 띄지 않는 부엌 한 쪽에 처박혀 있던 은접시에 대한 기억이었다. 마치 구석에 숨겨둔 은접시보다 자동 회전 식품대에 진열된 에클레어(크림을 넣고 위에는 보통 초콜릿을 씌운 길쭉한 케이크-역주) 쟁반이 낫듯이 남자들도 그 결함을 숨기기보다는 보완하여 자신을 내보였을 것이다. 상식적으로 생각하니 답이 나왔다. 그런 보완이 필요하다면, 즉 수요만 있다면, 가짜 코라든가 가짜 귀, 또는 살색 고무로 만들어진 무엇이든 현실적으로 못 만들 이유가 있을까? 또 그렇게 수요가 있어 만들어졌다면 그런 건 어디에서 살 수 있을까? 당연히 얼굴 접합제, 머리덮개 뼈, 그리고 다른 연극용 변장 용품을 취급하는 시설 중 한 곳, 아니면 심지어 내가 내 점과 가발을 산 상점에서 살 수 있지 않을까?

페르텔로트 상점. 과거에 샹테클레르 상점이었던 그곳.

할렐루야! 지금 당장 해야 할 일이 생겼다. 바로 페르텔로트 상점에 들르는 일이었다.

10장

내가 페르텔로트 상점에 들어갔을 때 접시같이 동그란
얼굴의 여주인은 얼빠진 듯 바라보거나 요란을 떨지 않
았다. 정말 전문가다운 면모다. 그녀는 날 처다보며 그
저 이렇게 중얼거릴 뿐이었다. "오, 정말 잘됐네요. 멋
지게 해냈군요. 축하해요, 아, 에버소우 양."

그렇게 그녀는 내 가발과 점을 알아챘고, 나와 거래할
당시의 매력 없는 내 외모도 기억해냈으며, 심지어 자신
이 내 명함에 찍어줬던 이름도 기억해냈다.

"감사합니다." 미소 띤 얼굴로 내가 입을 열었다. 그녀
는 지금 내 모습이 원래 내 모습이 아닌 것처럼 내가 쓰
고 있는 이름도 내 원래 이름이 아니란 걸 알았다. 하지
만 그녀의 목소리에선 비웃거나 으스대는 느낌, 비열한
낌새는 전혀 찾아볼 수 없었다. 오히려 목소리에 따뜻

한 신중함이 묻어나 엄마 같다는 느낌이 들 정도였다.

마치 엄마가 나를 보살펴주던 느낌이랄까?

'엄마에 대해선 생각하지 말자.'

"오늘은 뭘 도와드릴까요?"

쉽진 않았지만 일을 위해 난 생각을 다스리려고 애썼다. 그렇게 아무렇지도 않은 듯 마치 다른 목적으로 상점에 들른 양 페르텔로트에게 질문했다.

"스페인산 화장지들 말이에요," 내가 중얼거렸다. "제게 좀 안 맞는 것 같아요. 혹 다른 제품은······."

"아, 그러세요. 이쪽으로 오세요."

그녀는 칸막이를 쳐둔 뒤쪽의 벽감(벽면을 우묵하게 들어가도록 해서 만든 공간-역주)으로 나를 안내했다. 그러고는 거기서 액상의 반죽 및 가루로 만든 놀라운 물건들을 보여주었다. 모두 눈을 돋보이게 하되 신중히 써야 할 물건들이었다. 이를테면, 눈의 광채를 높여주는 안약이라든지, 조잡한 인공 눈썹 대신 눈썹 끝을 올려주는 재료라든지, 눈꺼풀과 눈썹용 광택제라든지, '섀도우'와 파스텔 색조 화장품 등이 그것이었다.

"이런 걸 잘 쓰는 비결은요," 페르텔로트가 말했다. "썼는지 안 썼는지 모르게 해야 해요. 남이 알아차리면 아무 소용이 없죠."

나는 흰흰 기울 잎에 레이스가 틸틴 사느낳고 근사한

의자에 앉아 페르텔로트의 말마따나 소위 기적적 효과를 내는 연고를 얼굴에 살짝 발랐다. "와, 놀랍네요!" 이내 얼굴을 확인한 순간 난 이렇게 외칠 수밖에 없었다.

"정말 그렇죠."

"이 물건들은 극장에서 쓰이나요?"

"아뇨, 무대에서 쓰기엔 너무 섬세한 물건들이죠. 이 것들은 흔치 않은 피부 연화제들이거든요, 에버소우 양. 이를테면 백작부인들, 공작부인들, 심지어 여왕들의 화장대 서랍에나 감춰져 있을 만한 물건들이라고 할까요?"

거짓말을 조금 보태자면 그녀 말은 한 절반쯤 믿어졌다. 어쨌든 난 매우 흥미롭다는 표정을 지어 보이며 그녀의 커다랗고 꾸밈없는 얼굴을 쳐다보았다. 그녀는 얼굴의 양 측면에서부터 회색 머리카락을 동그랗게 말아 올려 쪽 진 머리를 하고 있었다. "영광이네요. 그런데 이런 재료들을 찾아내게 된 특별한 계기라도 있으셨나요?"

"계기요, 비즈니스 목적이었죠."

"하지만 어쩌다가 이런 비즈니스를 하게 되셨나요?"

106

"도저히 예뻐질 리 없는 못생긴 여자가 미의 비밀을 다루는 비즈니스에 몸담고 있는 게 이해가 안 되신다, 그 말이죠?" 그녀는 이 충격적일 정도로 솔직한 말들을 여전히 미소 띤 얼굴로 하등의 거리낌 없이 유쾌하게 쏟아냈다. "참 아이러니하죠, 안 그래요?"

사실 이런 그녀의 비범하리만치 솔직한 모습은 유쾌하면서도 좀 당황스럽게 느껴졌다. "아, 전혀 그런 뜻 아니에요," 난 그녀에게 진심 어린 말투로 전했다. "그저 여성으로서 어떤 연유로 이렇게 특이한 상점을 인수하게 되셨는지가 궁금해서요."

희한하게 방금까지만 해도 솔직 담백한 모습을 보여주던 사람이 이번엔 입을 떼기 전 약간 머뭇거리는 게 느껴졌다.

"아, 음, 아시겠지만, 처음엔 제 '남편'의 상점이었어요."

"아! 샹테클레르가 남편이셨나요?" 샹테클레르는 아무리 상상해봐도 그의 진짜 이름이 될 수 없었다. 아무래도 이 때문에 그녀가 지난번 다소 이상한 미소를 머금었던 것 같다.

나는 좀 더 추리해보았다. "그러면 남편분은 이쪽 업계에 속하는 배우나 그와 관련된 일에 몸담은 분이셨나요?"

"아니, 전혀요." 그녀는 점점 더 내 질문에 답하기를 꺼리는 눈치였다.

"하지만 남편분은, 음, 돌아가셨죠?" 그녀는 과부가 되면서 자연스레 남편의 상점을 인수하게 되었을 것이다.

"아뇨, 남편은 은퇴했어요."

그녀의 꺼리는 말투는 내 호기심에 종지부를 찍으려 했지만 나는 호기심을 감게을 생각이 전혀 없었다. "성말요? 정말 잘됐네요," 나는 호들갑을 떨기 시작했다.
"그럼 남편분은 지금 뭘 하고 지내시나요?"

"아, 그의 소중한 온실에 있어요." 이번엔 어찌나 앙칼
진 목소리로 내뱉던지 혹 그가 온실에서 강아지들이라
도 도살했나 싶을 정도였다.

'온실이라?'

사실 나는 그녀에게서 어떻게든 가짜 코를 구하려는
남자 손님이 있었는지 알아보려고 여기에 왔다. 그런데
그 대신 꽤 위험한 꽃을 재배하는 것으로 의심되는 그녀
의 남편이 있다는 사실을 알아냈다.

"온실이 싫으신가 봐요?" 내가 넌지시 물었다.

"전 남편이 싫어요." 사실 부담스러울 정도로 직설적
인 말이었지만, 마음을 터놓게 만드는 그녀 특유의 솔직
한 발언 때문에 우리는 서로 소리 내어 웃었다. 다음 순
간 그녀가 서둘러 주제를 바꾸며 물었다. "에버소우 양,
최근에 나온, 입술을 부드럽게 해주는 연화제가 있는데
한번 보시겠어요?"

그녀의 마음을 달래기 위해 난 그녀가 보여준 그 '흔
치 않은 피부 연화제' 중 장미색 연화제를 입술에 바르
고는 후하게 값을 쳐주고 구매했다. 내 바람대로 날 친
절한 사람으로 여기게 하려는 의도에서였다. 나는 갈색
종이 꾸러미에 담긴 물건들을 내 끈 달린 쇼핑백에 넣었

108

다. 그러고는 막 나서려고 페르텔로트 상점의 출입구에 섰다. 그런데 그 순간 몹시도 망설여졌다. 내 목적을 위한 대화를 제대로 진행하지 못한 게 영 마음에 걸린 탓이었다. 아예 단도직입적으로 물어보자! 지금이 아니면 다신 기회가 없을지도 몰라.

"한 가지 궁금한 게 있는데요," 나는 '말이 났으니 말인데요'와 같은 방식으로 운을 뗐다. "혹시 말이죠, 저……?" 나는 일부러 머뭇거리면서 그녀가 알아서 자기 성을 내뱉기를 기다렸다.

"키퍼솔트요." 그녀가 마지못해 입을 열었다.

"아, 키퍼솔트 부인, 혹시 자기 신체의 일부를 잃어버린 사람들에게 가짜 귀나 손가락을 제공한 적 있으신가요?"

그녀는 고개를 끄덕이며 자그마한 자부심을 품고 또박또박 말하기 시작했다. "그야 물론이죠……."

하지만 난 아직 말을 끝맺지 못한 상태였다. "아니면 가짜 코라든지요?"

고개를 끄덕이던 그녀가 불쑥 동작을 멈추더니 이내 날카로워진 목소리로 쏘아붙이며 물었다. "그건 왜 물으시죠?"

"제 지인 중 한 명이 말이에요, 정말 흥미롭지만 좀 당황스럽게도 가짜 코가 벗겨진 한 남자와 마주쳤다지 뭐예요." 내가 날했다. "그래서 그저 궁금하기도 하고……."

그녀가 버럭 소리를 지르며 캐물었다. "그 남자가 뭘 어쨌는데요?"

뭐지, 이 흥미로운 반응은?!

"누구요?"라고 내가 되물었다.

"아무것도 아니에요." 문득 그녀의 미소 가득하던 얼굴이 잔뜩 찌푸린 얼굴로 변하면서 갑자기 커다란 골격과 위협적 힘이 도드라져 보였다. 여기서 뒤로 물러서지 않으려면 마음을 단단히 먹어야 할 듯싶었다. 그녀의 모성적 면모는 어느새 온통 위협으로 뒤바뀌어 있었다. "뭘 캐물으려는 거지?"라고 말하는 그녀의 억양은 그 순간 더 런던내기 말투같이 변했다. 나를 노려보던 여자가 자신의 두툼한 엉덩이에 손을 얹고는 계속해서 쏘아붙였다. "도대체 당신 정체가 뭐야? 내 이름은 알 테고, 이제 당신 이름이나 좀 대보시지!" 난 그 질문에 답하지 않았다. 그러자 그녀가 버럭 호통치며 내뱉었다. "당신 같은 손님 필요 없으니까 썩 꺼져! 그리고 다신 오지 마!"

묻고 싶은 것도 못 묻고 질질 끌거나 하진 않았지만 가장 궁금하던 호기심은 미처 풀지 못한 채 어쩔 수 없이 그곳을 떠나게 되었다. 난 어렵사리 알아낸 키퍼솔트 부인이란 이름을 되뇌었다. 그 이름을 기억해야 한다. 사실 애초에 내가 이곳에 온 건 코를 잃어버린 남자가 고무코를 착용하는 게 가능한지, 그리고 그게 가능하다면 페르텔로트가 그 남자에 대해 뭘 좀 아는지를 가늠하기 위해서였다.

음. 틀림없이 그녀는 뭔가 알고 있는 듯했다. 하지만 무슨 말 못 할 사연이라도 있는 듯 그녀는 말하는 게 몹시나 고통스러워 보였다. 여하튼 이런 상황에서 난 이제 뭘 해야 할까?

홀리웰 거리를 따라 내려가던 나는 잠시 어딘가에 앉아 생각을 좀 정리해보고 싶었다. 『펠 멜 가제트』지에 실린 메시지라든가…… 하지만 도통 멈출 수가 없어 계속해서 발걸음을 재촉하고 있었다. 정신이 딴 데 팔려 있는 와중에도 날 돌아보는 꽤 많은 남자의 시선이 느껴졌기 때문이다. 수많은 '신사'가 인쇄소 주변을 어정대며 인사를 건네는가 하면, 그중 한 남자, 아니 두 남자는 아예 대놓고 날 따라오고 있었다. 대체 이 상황은 뭐지…….

그제야 난 내가 페르텔로트 상점에서 바르고 나온 화장품, 즉 루주, '섀도우', 광택제 그리고 속눈썹 앰플 등을 아직도 지우지 않은 채 거리를 활보하고 있다는 사실을 깨달았다.

맙소사. 남자들은 정말 단순한 얼간이들이었다. 더 많이 꾸밀수록, 가발과 패딩 그리고 약간의 화장품만으로도 유혹할 수 있는…… 그런 멍청이들이었다. 아, 내 치장이 좀 지나쳤나?

마침내 스트랜드의 더 널찍한 보도에 다다랐다. 서둘러 홀리웰 거리에서 벗어나 피할 곳을 찾고 있는데 어디선가 익숙한 소리가 들려왔다. 신문팔이 소년 하나가 영국 특유의 억양으로 "신문이요! 신문!" 하고 외치고 있었던 것이다. 난 소년에게로 걸어가 소년의 모자에 1페니를 던져 넣고는 신문 한 장을 가져와 바로 펼쳐보았다. 급하면 언제라도 몸을 움직여 숨을 요량으로 그 자리에 선 채 그냥 읽었다.

신문을 읽기 전 긴장되긴 했지만 애써 마음을 진정시켰다. 사실 이럴 때면 늘 쓰는 방법이 있었다. 바로 엄마의 얼굴을 떠올리며 엄마가 자주 반복하던 말을 떠올리는 것이었다. "에놀라, 넌 혼자서도 매우 잘해나갈 거야." 그런데 웬걸, 이번엔 이런 생각이 날 진정시키기는커녕 오히려 마구 뒤흔들어놓았다. 그 메시지 때문이었다. IVY DESIRE MISTLETOE WHERE WHEN LOVE YOUR CHRYSANTHEMUM(아이비. 바람. 겨우살이. 어디서. 언제. 사랑. 당신의 국화). 난 아직 이 메시지에 응답하지 않았다. 이 메시지는 엄마가 보낸 것일까, 아닐까?

아! 해결해야 할 일 천지였다. 엄마에 대해선 어떻게 해야 하지? 키퍼솔트 부인의 이상한 행동에 대해선 어떻게 해야 하지? 실종된 왓슨 박사에 대해선 또 어떻게 해야 하지? 난 신문의 '인사 광고란'을 샅샅이 훑어보면 서 내가 낸 광고 메시지인 '산사나무, 삼색메꽃, 아스파라거스, 그리고 양귀비'에 대한 응답을 구하고 있었다. 그런데 그때였다. 마침내 만족스럽지는 않지만 응답을 발견한 듯했다.

'M. M. W.: 죽음의 가지과 식물Deadly Nightshade(가지과에 속하는 여러해살이 식물인 벨라도나를 의미-역주)이오. 고맙군Thank Yew(Yew는 '당신You'이란 뜻과 '주목나무Yew'라는 뜻을 지닌 중의적 단어-역주).'

전혀 요긴한 답은 아니었다. 아니, 두려움만 안겨주는 답이었다.

겉으론 화려해 보여도 이 죽음의 가지과 식물은 독성을 지니고 있었다. 물론 지극히 평범한 어휘 중 하나인 꽃다발의 의미로만 보면, 독이 있다는 건 상상도 할 수 없는 일이지만 말이다. 어쨌든 이 야생화는 그 이름만으로도 충분히 위협적인 존재였다. 또한 묘지를 상징하는 '주목나무yew'를 마치 조롱이라도 하듯 문구에다 끼워 넣은 건 짐작건대 왓슨 박사의 비참한 죽음을 암시하는 일종의 위협이었다.

맙소사, 이렇게 손 놓고 있을 수만은 없었다. 아, 그런데 뭘 해야 하지? 신문으로 내 모습을 가린 채 꼼짝 않고 서서 나는 방도를 생각해내려고 안간힘을 썼다. 하지만 워낙 경황이 없어 어떤 합리적인 계획도 떠오르지 않았다. 얼핏 보기에 추파를 던지며 내 주위를 어정대던 남자들이 날 따라올 게 분명했기 때문이다. 어쩜 대부분 남자가 이렇게나 바보 같은지 여전히 믿기지 않았다! 하지만 경험을 통해 내가 맺은 결론은 남자들은 대체로 예쁜 여자를 보면 멍청이가 된다. 신문사에 있던 남자 점원들의 태도가 변한 걸 봐도 그렇고…….

그런데 그때였다. 문득 눈이 휘둥그레질 만큼 좋은 생각이 하나 떠올랐다.

남자 점원들.

신문사 사무실들.

음. 위험하긴 했다. 난 남자를 꼬셔본 경험이 별로 없었으니까. 하지만 확실히 시도해볼 만한 가치는 있었다. 어차피 잃을 건 없었다.

나는 들고 있던 신문을 접어 페르텔로트 상점에서 산 꾸러미와 함께 끈 달린 가방에 밀어 넣었다. 그러고는 날 따라오는 해충 같은 남자들은 외면한 채 가장 가까운 마차 승강장으로 걸어갔다. 거기서 내 정체를 숨겨줄 사륜마차를 타고 마부에게 '플리트 스트리트'로 가자고 말했다.

11장

가는 도중 난 계획의 순서를 정했다. 내 짧은 여정의 목적은 두 가지였다. 첫째는 '죽음의 가지과 식물이오, 고맙군.'이라는 메시지를 보낸 자의 실제 신원까지는 몰라도 그자가 표현하려고 한 게 무엇이었는지 파악하는 일이고, 둘째는 내게 '아이비. 바람. 겨우살이. 어디서. 언제. 사랑. 당신의 국화.'라는 메시지를 보낸 사람이 진짜 엄마였는지 파악하는 일이다.

우선 왓슨 박사의 생명이 위태로울 수도 있는 터라 기묘한 꽃다발 문제를 먼저 다루기로 했다. 이는 두 번째 목적인, 바로 엄마에 관한 건 개인적 문제라 우선순위에서 밀린다는 걸 인정하는 말이기도 하다. '죽음의 가지과 식물이오, 고맙군.'이라는 메시지가 모든 신문에 실린다고 가정할 경우 난 여러 신문사에서 내 계획을 시도해볼 기회를 얻는 셈이다. 하지만 42255 415144423451(아이비. 바람. 겨우살이……)로 시작하는 메시지는 오직 『펠 멜 가제트』지에만 실렸기 때문에 그 신문사 사무실에 들를 때는 확실한 계획이 서 있어야 한다.

우선 난 마차 안쪽의 가려진 구석에서 가슴팍에 숨겨둔 가위를 꺼내 신문의 M. W. M.으로 시작하는 메시지 부분만을 오려냈다. 그런 다음 마차가 플리트 스트리트의 가장 번화한 모퉁이에 다다랐을 때, 마차 지붕을 톡톡 두드려 마부에게 멈춰달라는 신호를 보냈다. 그리고 요금을 낸 후 가장 가까운 신문사 사무실(우연히도 그곳은 『데일리 텔레그래프』였다)로 들어갔다. 몇 걸음 걸어가 책상 앞에 다가가자 점잖게 생긴 청년 하나가 거기서 펜과 기사 기록부를 만지작거리고 있었다.

"실례합니다." 나는 최대한 가냘프면서도 혀 짧은 목소리로 입을 열었다.

처음엔 무심한 듯 쳐다보다가 내 아름다운 외모를 마주하자 그는 마치 새 사냥개(총으로 쏜 새를 물어오는 개-역주)마냥 내게 집중하려는 듯 자세를 바로잡았다.

"혹시 이 개인 광고를 누가 냈는지 기억하시나요?" 나는 달콤한 목소리로 속삭이며 기사 클리핑을 내밀었다.

"아, 음……." 내가 내민 기사 클리핑을 애써 읽는 와중에도 연신 추파를 던져오던 그가 대꾸했다. "죽음의 가지과 식물이오, 고맙군, 아, 네, 별난 광고죠. 기억이 날 것도 같은데…….”

“그런 정보는 주지 않아요.” 꽤 뺏뺏한 말투의 한 여성이 불쑥 끼어들었다. 나는 감독관으로 보이는 뺏뺏한 봄버진(주로 검은색으로 염색해 여성용 상복을 만드는 데 사용하는 비단·무명·털실 등으로 짠 능직-역주) 차림의 나이 지긋한 여성을 올려다보았다. 그녀의 째려보는 눈빛은 책상 앞에 앉아 있는 청년에게 꽂혀 있었지만, 그녀의 날 선 말투는 마치 학생을 꾸짖기라도 하듯 날 향해 있었다. “개인 광고를 내면서 신분을 드러내는 사람이 과연 있을까요?”

나는 그 안쓰러운 청년에게서 내 클리핑을 다시 받아 들고는 가급적 가장 위엄 있는 자세로 그곳을 빠져나왔다. 그래,『데일리 텔레그래프』는 이쯤 해두자.

난 다음 신문사로 발걸음을 옮겼다.

그 후 꽤 기나긴 하루이 이어졌다. 대부분 남성은 날 환영했고, 여성들은 날 반기지 않았다. 이 외에 내가 얼마나 많은 퇴짜를 맞았고, 얼마나 아슬아슬하게 승리를 일굴 뻔했는지에 대해선 이런저런 언급을 피하려고 한다. 어쨌든 그 두 그룹의 반응은 완전히 정반대였다. 내가 약간의 정보를 얻을 수 있었던 건 여성보다는 남성이 있을 때였다. 이를테면 내가 만난 두 청년 직원의 경우처럼 말이나. 사실 그늘은 신사가 아니었다. 질문에 답해주는 대신 내 교태를 어느 정도 바란다는 뜻을 은근슬쩍 내비쳤기 때문이다. 그만큼 내가 감언이설로 구슬려 정보를 빼올 땐 모욕감이 들었던 것도 사실이다. 하지만 처녀로서의 내 혐오감을 접어둘 만큼 만족할 만한 성과는 있었다. 난 두 사람의 설명이 일치한 걸 확인했다. 그들에 따르면, 회색 수염을 지닌 정말로 특이한 남자가 그 '죽음의 가지과 식물' 광고를 실었다. 그는 딱히 상류층 같아 보이지도 않는데 실크해트(서양의 남성 정장용 모자-역주)를 썼다. 추정컨대 키가 작고 앙상하니 그야말로 역겨운 인상이라 필시 커 보일 요량으로 그랬던 것 같다. 그 남자의 왜소한 체구 외에도, 그들은 왜 자신들이 그렇게 느꼈는지에 대해 '그는 기묘하게 생겼다'는 말로 정확하게 의사를 표현했다. 즉, 한 사람은 그가 '유령'처럼 생겼다고 했고, 나머지 한 사람은 그가 '문둥이'처럼 생겼다고 했다. 또 내가 그 이유를 묻자, 다소 당황한 가운데서도 그 남자의 얼굴엔 뭔가 이상한 점이 있었다고 말했다.

"그러니까 밀랍으로 만든 모조품처럼 생긴 거 있잖아요. 전에 그런 걸 본 적이 있으신지는 모르겠지만요."

그들은 일전에 엄청 혼란에 빠져 도망치던 그 거리 부랑아처럼 묘사하지 않았다. 가짜 코를 붙이고 다니던 남자, 즉 코 이음매를 가짜 접착제로 변장하고 다니던 그 남자를 두고 그 아이처럼 '코를 뜯어냈다'고 묘사하지 않았다. 그보다는 하나같이 '그저 실크해트를 쓴 긴 얼굴에 회색 턱수염을 기른 남자'라고 표현했다. 얼굴에 그런 인공물을 단 사람을 만나면 으레 분위기나 감촉, 강도 면에서 미묘한 거슬림이 느껴질 수밖에 없을 텐데.

하루 동안 파악한 것을 정리해보니 그 기묘한 꽃다발을 보낸 자가 정말 내 광고에 답한 자가 맞는다는 생각이 들었다. 아울러 그자의 존재를 마침내 확인했다는 사실에 만족감이 느껴졌다. 하지만 한편으론 '그렇담 과연 이 지극히 흥미로운 작자를 어떻게 찾아낼 수 있을까?'라는 생각에 불쑥 걱정이 밀려오기도 했다.

머릿속에 아무것도 떠오르지 않았다.

페르텔로트, 즉 키퍼솔트 부인이라면 아마 그 남자에 관해 알 거라는 것만 빼면 말이다. 내가 그 남자에 관해 묻자 부인은 "그가 뭘 어쨌는데요?"라며 괜스레 과민한 반응을 보였었다. 어디 그뿐인가? 화가 머리 꼭대기까지 나서는 내게 '상점 입장 금지령'까지 내린 바 있다.

흠.

나는 키퍼솔트가 어디에 사는지, 또 온실에서 산사나무를 재배하는지 알고 싶었다. 그리고 정말로 얼굴이 기다랗고, 문둥병에 걸린 것 같고, 유령 같고, 밀랍 같은지도 확인해보고 싶었다.

일을 마치고 돌아가는 키퍼솔트 부인을 따라 집으로 가보면 어떨까?

도저히 궁금해서 참을 수가 없었다. 난 잠시 고민한 끝에 따라가보기로 결정했다. 상점 문을 닫을 시간이라고는 해도 아직 해가 지지는 않은 상태였으니 내가 어떤 옷을 입었든, 키퍼솔트 부인이 날 보기라도 하면 바로 알아챌 것이다. 그렇다고 기약도 없이 누군가를 그림자처럼 비밀리에 따라다니는 모험도 하고 싶지는 않았다. 지난번에도 인도의 가로등 불빛을 피해 거리로 걸어가다 목재 화물 마차를 끄는 힘센 말에 밟혀 그야말로 납작하게 찌부러질 뻔했다.

안 될 말이다. 이번에 키퍼솔트를 찾는 건 다른 방법을 강구해야 했다.

키퍼솔트. 음, 흔한 성은 아니다. 런던의 거주 체계가 잘 정리되어 있다면야 그의 거주지를 찾는 일쯤은 누워서 떡 먹기였을 것이다. 하지만 세계에서 가장 큰 대도시인 런던은 최악의 행정 체계를 갖춘 곳이기도 하다. 200개 이상의 자치구로 조직된 런던은 사실 이 자치구들이 제각기 중구난방으로 운영되는 곳이었다. 즉, 자치구마다 기록 관리인, 세금 징수원, 경관 등을 따로 보유하고 있는 실정이었다.

하지만 만일 키퍼솔트가 자기 상점에서 멀지 않은 곳

에 산다면 — 지금처럼 지하철이 노동자들을 런던 교외에서 재빨리 도시로 실어 나르기 전, 예전 상업 종사자들이 으레 그랬듯이 말이다 — 또 만일 키퍼솔트가 홀리웰 거리에 살거나 거기서 그리 멀지 않은 곳에 산다면, 그의 거주지 정보를 알아내는 일쯤은 그저 두서너 자치구 사무실만 방문하면 될 일이었다.

이런저런 생각이 마음속을 헤집어놓을 무렵, 어느새 내 발걸음은 아직 방문하지 않은 한 신문사, 『펠 멜 가제트』지를 출간하는 신문사를 향해 플리트 스트리트로 되돌아가고 있었다.

그렇게 신문사 문 안에 들어섰을 때, 가슴이 철렁 내려앉았다. 뻣뻣하고 가냘픈 한 여자가 떡하니 책상 뒤편에 앉아 있는 게 보였기 때문이다.

앞서 다른 신문사들에서처럼 이번에도 부딪혀봐야 했다. 사무실 창턱에는 지난 며칠간 쌓인 간행물이 그대로 놓여 있었다. 드레스 앞부분에 숨긴 단도 밑으로 내 가여운 심장이 사정없이 쿵쾅거리는 가운데 난 간행물 속에서 마침내 필요한 메시지를 찾아냈다. 간행물 속 개인 광고 중 내 눈에 들어온 건 "422555 415144423451 334244542351545351 3532513451 35325143 23532551 55531534 313234 5544114354325133153(아이비. 바람. 시우살이. 어디서. 언제. 사방. 낭신의 국화.)"였다.

나는 그 광고를 가리키며 책상 뒤편에 앉은 마른 막대기 같은 여성에게 물었다.

"혹시 이걸 누가 놓고 갔는지 말해줄 수 있을까요?"

"아뇨, 그럴 순 없어요." 그녀는 딱 잘라서 거절했다.

알려주기가 불가능하다는 건가, 아니면 알려주지 않겠다는 건가? 마치 그녀는 자신이 통치하는 작은 왕국의, 모든 걸 알고 있는 여왕처럼 보였다.

나는 다시 한 번 사정했다. "최소한 남자인지 여자인지만이라도 말해주실래요?" 만약 여자였다면 엄마였을 것이다.

그 순간 엄마에 대한 온갖 생각이 떠오르면서 심장이 얼어붙기 시작했다. 메시지를 남긴 사람이 엄마였다 해도, 대체 뭘 어떻게 해야 할지 전혀 감이 오지 않았기 때문이다.

하지만 책상 뒤에 앉아 있던 마른 여자, 다시 보니 팍삭 늙은 그 여자는 "아무것도 말해드릴 수 없어요."라는 말만 똑 부러지게 되풀이할 뿐이었다.

하는 수 없이 그녀에게 뇌물을 들이밀었다. 그랬더니 그녀가 득달같이 날 쏘아붙였다. 그래도 난 몇 분 이상을 더 간청했다. 그러자 이번에는 경관을 부르겠다고 위협하고 나섰다. 난 그제야 신문사 사무실을 떠났다.

잘했어, 이 정도면 뭐 최선을 다했지.

마치 요리사가 내 맘속에서 아주 이상한 감정의 푸딩을 뒤섞어놓은 듯했었지만 — 혹 내가 제정신이 아니어서 아무것도 못 건진 건가? 아니면 차라리 아무것도 못 건져 안도하고 있던 건가? — 어쨌든 당분간 엄마에 대한 일은 접어두기로 했다.

훨씬 더 시급한 문제가 남아 있었기 때문이다.

바로 '죽음의 가지과 식물이오. 고맙군.'이라는 메시지 말이다!

몇 시간 후 나는 터퍼 부인의 초라한 집으로 돌아왔다. 내가 들어오는 것을 본 터퍼 부인은 상당히 당혹스러워하며 여러 차례 눈을 깜빡거렸다.

"메쉴리 양," 그녀가 작은 목소리로 물었다. "저녁 좀 드시겠어요?"

"아뇨, 고마워요, 터퍼 부인." 나는 눈에 띄지 않는 어두운 옷으로 갈아입으려고 한껏 부산을 떨고 있었다. "시간이 없어서요." 나는 특유의 익살조차 부릴 여유가 없었다. 점심 식사도 놓친 데다 맘속엔 드럼통처럼 공허함만 가득했기 때문이다.

"네?" 귀머거리의 늙은 영혼이 내 말을 들으려고 안간힘을 썼다.

"고맙지만 됐다고요, 터퍼 부인!" 이번만큼은 소리 지를 때 성가시지 않고 안도감이 느껴졌다. 플리트 스트리트를 종횡무진 누볐지만 키퍼솔트의 거처 하나 알아내지 못한 채 여덟 곳 — 아니, 열 곳 — 아니 몇 곳인지 기억조차 안 날 만큼 많은 자치구 사무실을 돌아다니느라 발이 심하게 욱신거렸다. 다만 한 가지, 아우구스투스 키퍼솔트라는 사람이 콜니 해치Colney Hatch라는 정신병원에 갇혀 있다는 사실은 알아냈는데 아마도 그는 내가 찾는 남자는 아닐 것이다. 정리하자면, 오늘은 그야말로 가장 진이 빠지는 하루였다.

이제 내게 남은 유일한 희망은 그 거대한 체구의 암탉 같은 주름투성이 여자 페르텔로트가 밤이 되어 상점 문을 닫을 때쯤, 그 상점 부근으로 가서 그녀를 추적하는 것뿐이었다.

위층 내 방으로 올라오며 고통받던 내 발에서 안타깝지만 최신유행 부츠를 벗어버렸다. 아울러 가발과 함께 옷도 벗어버렸다. 내가 입고 있던 드레스, 즉 그 흰색 '아가' 리본이 달린 복숭아색 호박단(광택이 있는 빳빳한 견직물-역주) 드레스는 변장엔 영 젬병이었기 때문이다. 그 대신 난 옷장에서 어둡고 평범한 모직 블라우스와 스커트를 낚아채 걸쳐 입고는 두꺼운 양말에 물집 잡힌 발을 조심스레 밀어 넣었다. 양말 위에는 다행히 소지하고 있던 편안한 검은색 낡은 부츠를 신었다. 또 얼굴에 발랐던 그 '흔치 않은 피부 연화제'는 씻을 시간이 없었던 터라 그 상태에서 그냥 난로 재를 얼굴에 마구 문질러댔다. 이렇게 아주 평범한 십대의 외모로 변신한 나는 코르셋 앞쪽 안 칼집에다 내 가장 긴 단도를 숨겨 넣었다. 아울러 빛바랜 검은색 숄을 잡아채 얼굴에 휘휘 두르고는 아래층으로 서둘러 뛰어 내려갔다. 문밖으로 뛰쳐나가는 내 모습을 터퍼 부인이 어리둥절한 표정으로 쳐다보고 있었다.

12장

"여기요!" 나는 첫 마차가 보이자마자 서둘러 소리쳤다.

편견 없는 세상이란 게 어디 있을까마는 역시나 운전사는 분명 슬럼가 출신으로 보이는 한 여자가 소리쳐 불러대자 이내 수상쩍은 시선으로 돌아다봤다. "불렀나요?"

나는 그에게 금화를 쥐여주었고, 금화는 이런 그의 의심과 편견을 바로 잠재웠다. "성모 마리아 스트랜드로 가주세요." 나는 택시에 올라타며 홀리웰 거리에서 가까운 모퉁이에 내려달라고 덧붙였다.

"10분 안에 데려다주시면 금화 1파운드를 더 드리죠."

"예, 아가씨!" 특정 상황에선 황홀한 아름다움보다 후한 현금이 더 먹혔다. "저와 여기 이 늙은 안내원이 모셔다드립죠." 운전사가 잘록하고 가는 목덜미를 지닌 불쌍한 말을 채찍으로 휘두르는 순간, 문득 『블랙 뷰티

Black Beauty』(애너 슈얼Anna Sewell의 동명 소설 『흑마 이야기』의 주인공 말-역주)의 한 구절이 떠올랐다. 하지만 애써 그 생각을 지우고 뒤로 물러앉은 채 흔들리는 마차를 버텨가며 마음을 다잡았다. 그 대신 앞으로 펼쳐질 일을 생각해야 했기 때문이다.

난 잘 알지 못하는 일에 무분별하게 저돌적으로 돌진하는 게 싫다. 하지만 기회를 포착해야 할 것 같았다. 페르텔로트 상점에서 키퍼솔트 부인이 화를 낼 때, 난 이 기회가 다시 오지 않을 걸 감지했다.

결국 그녀의 집을 찾기 위해서라도 나는 비밀리에 '그림자처럼' 그녀를 따라다녀야 할 것이다. 그녀가 나 때문에 화난 상태 그대로 집에 도착한다면 필시 남편에게 "뭘 어쩐 거야?"라며 화를 낼 것이고, 그렇게 부부가 티격태격하는 틈을 타 난 어떻게든 그 답을 엿듣고 싶었다.

게다가 난 키퍼솔트 씨를 봐야 했다. 그동안 키퍼솔트 씨에 대해 많은 상상을 해왔기에 그만큼 그와의 만남 자체는 다음과 같은 가정을 뒷받침해주거나 반박해줄 것이다.

한 남자가 전쟁이나 혹은 어떤 불운한 사고로 코뿐 아니라 얼굴 전체에 손상을 입었다. 그는 자기 외모의 결점을 감출 방법들을 찾아다니며 얼굴 접합제나 고무 재질의 인공 이목구비와 관련한 전문가가 되었다. 아무래도 그는 그런 것들을 스스로 쉽게 구하기 위해서라도 그런 전문 상점을 열지 않았을까?

또 그 자신이 비호감 외모인지라 집안일이나 기타 등등의 일을 해주면서도 딴 데 눈 돌리지 않을 지극히 평범한 여자와 결혼하지 않았을까?

아마도 그 여자는 야심 찬 런던 토박이가 아니었을까?

다시 말해 사랑을 위해서가 아니라 자기 계발을 위해 그 남자와 결혼한 이 비범한 여자는 은근히 내공을 쌓아오다 마침내 때가 되자 남편으로부터 상점을 낚아채 운영하고 있는 게 아닐까?

이때 그는 당연히 밀려나는 걸 분해하지 않았을까? 가령 뭔가 일을 벌일 정도로 그 분노가 극에 달했다면…….

그렇담 그 일이란 과연 무엇일까? 혹 왓슨 박사에 대한 복수일까?

그라면 과연 왓슨 박사에 대해 어떤 원한을 품을 수 있을까?

잠시 생각해보자. 아마도 자신의 코를 잃어버린 것에 대해 왓슨 박사를 비난하지 않았을까? 그 일이 왓슨이 군의관으로 복무했던 2차 아프간 전쟁 중에 일어난 일이라고 해보자. 아마도 그때 왓슨은 그의 부상당한 코를 절단했을 것이다.

훌륭해, 난 스스로 자축했다. 이처럼 그럴듯한 연관성

을 스스로 떠올리다니 기분이 너무 좋고 흥분되었다.

내가 탄 마차가 속도를 내면서 흔들리고 비틀리더니 어느새 목적지에 덜커덕하고 정차했다.

마차가 완전히 멈추기도 전에 나는 황급히 뛰어내려 전속력으로 뛰기 시작했다. 비록 얼마나 빨리 제대로 왔는지 가늠해볼 시계는 없었지만, 마부에게 1파운드짜리 금화를 던져주는 것도 잊지 않았다. 뭐, 내가 말한 시간 내에 왔겠지?

됐다. 마차는 다행히 시간에 맞춰 도착했다.

난 홀리웰 거리의 모퉁이에서 머리만 빼꼼 내민 채 숨을 헐떡이며 키퍼솔트 부인이 상점 문을 닫기 위해 덧문을 내리는 걸 훔쳐보았다. 그러나 그녀는 안에서 덧문을 고정시키려는 듯 다시 안으로 들어갔다.

런던에서 화창한 햇빛은 정말 흔치 않은 광경이다. 그런데 마지막 석양빛이 마치 축복이라도 받은 양 빽빽이 들어찬 오래된 건물의 지붕을 물들이고 있었다. 나는 상점 문을 감시하면서 그 문이 열리고 키퍼솔트 부인이 코트를 입고, 모자를 쓰고, 장갑을 끼고, 우산을 쓴 채 나타나기만을 손꼽아 기다리고 있었다.

마침내 석양빛은 땅거미로 변했고, 나는 여전히 기다리고 있었다.

하지만 웬일인지 키퍼솔트 부인은 나타나지 않았다.

도대체 어떻게 된 일일까? 어쩌면! 세상에나, 아니야. 설마 그녀가 집 뒤쪽으로 나가버린 걸까?

꽤 특이하게도 홀리웰 거리는 런던에서 가장 빽빽이 엉겨 붙은 소위 '떼까마귀 떼가 사는 숲'의 가장자리를 따라 구불구불 나 있었다. 그래서 집들은 쓰러질 듯 어깨를 맞대고 있었고, 가난에 찌든 주민들은 그 안에서 옹기종기 '둥지'를 틀고 있었다.

집들 사이에 공간이 있긴 했지만 이 공간은 사실상 머리 위로 위층이 서로 다닥다닥 붙어 있어 일종의 좁은 터널이나, 집 사이사이 배수로 너비 정도의 좁은 통로 같았다. 게다가 이곳엔 불도 들어오지 않는 데다 쥐들까지 우글거려 마치 배수로처럼 불결하기 그지없었다. 마치 인간사의 밑바닥을 보여주는 단면이라고나 할까?

고로 키퍼솔트 부인이 토막 살인자 잭이나 그런 흉악범의 표적이 되고 싶지 않다면, 그 더럽기 그지없는 배수로 같은 통로를 혼자 걸어갔을 리 만무하다.

더군다나 내 눈에 띄지 않고 그렇게 유유히 상점에서
빠져나갔다는 건 도무지 상상할 수 없는 일이었다.

그러나 시간이 지날수록 그녀가 그 통로로 빠져나갔다는 사실은 점점 자명해지는 듯했고, 그럴수록 나 자신이 하염없이 어리석어 보였다. 내가 스스로를 가리켜 퍼디토리언이라고 불렀던가? 어림도 없는 소리! 난 종이 인형이나 오리고 있는 게 딱 어울릴 한낱 소녀에 불과했다. 황혼이 짙어지자 이윽고 절망감이 몰려왔다. 위쪽에서 반짝이는 가스등 불빛은 내게 더 깊은 그림자만 드리울 뿐 전혀 위로가 되지 못했다. 또 고대 역사에나 있을 법한 이곳의 낡은 건물들은 마치 바다가 빚어낸 절벽 같았고, 위층이 보도 위로 툭 튀어나와 있었으며, 박공판도 삐죽 돌출돼 있었다. 또한 각 층의 난간과 내닫이창은 그 아래층보다 더 돌출되어 있어 마치 거꾸로 지어진 집처럼 보였다. 즉 바닥보다 위쪽으로 갈수록 더 크게 지어져 언제라도 와장창 무너질 기세였다.

그동안 나는 내 작은 세상에서 고군분투하며 뭔가를 해내려고 노력했고 실종된 사람들을 찾으려고 애썼다. 하지만 대체 지금까지 무슨 영향을 미쳤는가? 난 지금 엄마에게서 버림받은 채 홀로 어둠 속에 서 있을 뿐이다. 마치 길 잃은 고양이마냥. 이런 생각을 하고 있자니 마음이 너무나도 울적했다.

그때였다. 페르텔로트 상점의 위층 천장에서 등불이 번쩍 들어오는 게 보였다. 그 빛을 본 순간 그 빛과 함께 내 마음속의 빛도 되살아났다. 멜로드라마 같던 내 공상도 순식간에 사라져버렸다. 다음 순간, 참담한 기분은 모두 던져버린 채 나는 인적도 없고 상점 불빛도 모두 사라진 그야말로 어두컴컴한 거리를 가로질러 페르텔로트 상점으로 잽싸게 걸어갔다.

수탉 모양으로 조각된 저 간판이 달린 입구의 바로 위쪽 방에 있는 사람이 그녀라면…… 아니, 그녀인 게 유력한 마당에 대체 난 왜 미처 그 생각을 못 했을까! 그녀가 바로 상점 위에서 살고 있었다는 사실 말이다…….

그녀의 모습을 확인해야 했다.

서두르자! 이미 그들은 말다툼을 하고 있었다. 그렇다, 위층 방에 있는 사람은 페르텔로트였다! 그녀는 다른 누군가와 심하게 다투고 있었다. 살짝 열린 창문을 통해 내가 서 있는 곳에까지 그들의 화난 목소리가 들렸다.

더 가까이 가야 했다.

하지만 어떻게?

잠시 후 시도해볼 만한 방안이 떠올랐다. 우선 나는 페르텔로트와 다음 상점 사이의 음침하고 악취 나는 시궁창으로 재빨리 세 걸음 걸어갔다. 그러고는 스커트를 무릎 위로 치켜올리고서 몸을 반대쪽 벽에 밀어붙였다. 솔직히 그 좁은 공간을 내가 어떻게 비집고 올라갔는지 달리 자세히 표현할 길이 없다. 굳이 말하자면 마치 굴뚝 청소부 같은 모양새였다고나 할까?

처음 2미터가량을 올라갔을 때 혹 지나가는 사람 중에 우연히 날 쳐다보는 사람이 있으면 어쩌나 하는 염려가 살짝 들었다. 하지만 과연 이런 곳에 소녀가 있을 거라 생각하며 올려다보는 사람이 있을까?

내 머리가 가스등 불빛에 닿을 정도로 가까워졌을 때 페르텔로트의 소리가 좀 더 명확히 들려왔다. "너는 내가 바보인 줄 아니? 내가 등만 돌리면 네가 이리저리 쏘다니며 엉뚱한 짓이나 하고 있는 걸 모를 줄 알아? 넌 도대체 왜 그 모양이니?"

"말했잖아. 내 사업을 돌보고 있다고."

잠깐만…… 페르텔로트 말고 또 다른 목소리가 들려왔다. 허스키하고 낮은 이 목소리는 첫 번째 목소리와 흡사하긴 했지만 분명 다른 목소리였다. 거기엔 두 명의 여자가 있었다. 페르텔로트 말고 나머지 한 사람은 누구지?

대체 페르텔로트의 남편은 어디에 있는 거지?

페르텔로트가 나머지 한 여자에게 핀잔을 주었다. "넌 일도 없이 집구석에만 틀어박혀 있잖니. 더는 사람들을 끌어들이지 마."

"난 아무도 끌어들이지 않았어. 그가 날 감금시킨 곳에 이번엔 반대로 그를 잡아넣어둘 서류 몇 가지를 작성했을 뿐이지. 그자에겐 거기가 딱이야."

그때였다. 충격으로 숨이 턱 막히며 내지르는 소리가 들려왔다. 페르텔로트가 낸 소리였다.

"넌 정말 미쳤어! 애초에 내 남편이 널 정신병원에 십

어넣은 건 잘한 일이었어!"

"하지만 언니가 다시 그자에게 날 꺼내수라고 했잖아?"

"입 좀 다물지 못하겠니? 너 정말······."

두 번째 여자가 다시 힘주어 말했다. "결국 언니가 이 집에서 날 돌보려고 다시 꺼내주라고 했잖아. 언니는 날 항상 돌봐줄 거야, 그렇지?"

두 번째 여자의 까탈스럽고 냉소적인 목소리를 듣고 있자니 목 뒤쪽의 머리털이 쭈뼛 곤두섰다.

마침내 내가 있는 건물의 '굴뚝' 끝까지 다다랐다. 이곳은 여러 건물의 벽들이 만나는 지점으로 내 위쪽 조금 떨어진 곳에 두 사람의 목소리가 들리는 창문이 있었다. 나는 들을 수는 있어도 볼 수는 없는 상황이었다.

하지만 난 봐야 했다. 누가 말하고 있는 건지 봐야 했다. 누가 그렇게 완강히 반복해서 말하고 있는지 봐야 했다. "내가 말했지? 언니는 날 항상 돌봐줄 거야. 대답해봐. 난 언니가 날 항상 돌봐줄 거란 걸 알아."

내가 있는 지점과 그 창문 사이엔 난간이 툭 튀어나와 있었다. 마치 벽이 수평으로 죽 펼쳐져 있는 모양과 흡사하달까?

아래쪽 인도는 꽤 딱딱한 지면이라 떨어지면 그야말로 끝장이었다.

그럼에도······.

난 숨을 한번 깊숙이 들이마셨다 내쉬었다. 그런 다음 어두운 심연 너머로 몸을 숙인 후 두 손으로 난간의 둥근 가장자리를 잡고 굴뚝을 박차고 나가 위쪽의 난간으로 기어 올라갔다.

그렇게 어렵사리 한쪽 무릎을 난간에 걸치는 데 성공했다. 하지만 다음 순간 난간을 붙잡고 있던 손이 주르륵 미끄러져버렸다.

그 짧은 순간 난 깨달았다. 무릎도 손처럼 제 역할을 못 하기는 마찬가지였다. 무릎마저 미끄러져버린 것이다. 나는 악 소리를 내지 않으려고 안간힘을 썼다.

"언니는 날 항상 돌봐줄 거야, 그렇지, 언니?" 수그러들 줄 모르는 콘트랄토(여성의 음역 중 가장 낮은 소리-역주) 목소리가 이어졌다. "말해. 날 항상 돌봐줄 거라고."

'나야말로 누가 좀 돌봐줬으면!' 사람이 위급한 상황에 처하면 괴력이 나오는가 보다. 무척이나 매끄러운 난간 끝을 다른 한쪽 손으로 잡는 순간, 내 안에서 마치 초인 같은 힘이 우러나왔다. 나는 그 힘에 의지해 상체와 하체를 하나하나 난간 위로 끌어올린 후, 데굴데굴 난간 안쪽으로 몸 전체를 굴렸다. 가쁜 숨이 차오르는 가운데 어느새 나는 난간 위에 비스듬히 누워 있었다.

"언니는 날 항상 돌봐줄 거야." 그 광적인 목소리가 지섭노록 반복되고 있었다. 그사이 난 난간 위에서 튼내

자로 누워 숨을 헐떡이고 있었다. 난간에 오르는 것만
해도 식겁하여 거의 기절할 지경인데 그 섬뜩한 목소리
까지 듣고 있자니 더욱 오금이 저렸다. 말투뿐 아니라
말하는 내용까지도 내 마음속 깊이 파고들었다. 날 돌
봐줘, 날 돌봐줘. 그 말은 바로 마음속 깊이 내가 항상
원하던 것이었다. 다름 아닌 내 가족에게서……

"언니는 항상 날 돌봐줄 거야, 그렇지 언니? 말해봐!
언니는 항상 날 돌봐줄 거야."

"물론 난 항상 널 돌봐줄 거야." 마침내 페르텔로트가
딱딱거리며 입을 열었다. "항상 그래왔고, 그렇지?"

그러자 다른 한 여자가 의기양양하게 쏘아붙였다.
"쥐들이 내 얼굴을 뜯어 먹도록 했던 것만 빼면 언니
말이 맞지."

13장

쥐들이, 얼굴을, 뜯어 먹다니…….

만약 그녀가 좀 더 일찍 이 말을 내뱉었더라면 나는 난간에 오르기도 전에 손을 놓쳐버렸을 것이다. 그랬다면 아마 아래 인도로 떨어져 벌써 죽은 목숨이었겠지. 그때 내 모습은 마치 머리 위로 날고 있는 매를 보며 사시나무 떨듯 떨고 있는 불쌍한 다람쥐 같은 신세였다. 그러니까 말하자면 나는 생각보다 훨씬 경사진 난간에서 언제 떨어질지 모른다는 공포에 휩싸여 지붕널(지붕의 중도리나 서까래 위를 덮는 널-역주)을 꽉 움켜쥔 채 간신히 정신을 붙들고 있는 상태였다.

"40년 전이었지." 페르텔로트의 고단한 목소리가 이어졌다.

"42년." 나든 한 니사가 반시를 길났나. 끊임없이 앙심

137

을 쏟아내는 그녀의 행동에 나도 모르게 혐오감이 일었다.

그건 사실 내가 원한을 품는 방식이기도 했다.

어머니, 엄마.

나는 엄마가 날 떠난 일을 오래전에 용서했다. 엄마는 자유로운 영혼이었으니까. 스스로가 자유를 위한 여정을 떠나면서 나 또한 그렇게 하도록 준비시킨 엄마. 엄마와 나는 신문의 개인 광고란을 통해 암호로 교신했다. 하지만 두 달 전, 그러니까 1월의 혹독한 추위가 가장 매서웠던 어느 날, 약간의 절망감을 느끼고 있던 나는 엄마에게 날 만나러 런던으로 와달라고 부탁했다. 하지만 엄마는 아직까지 아무런 대답이 없다. 그런 엄마가 사실 좀 야속하긴 하다.

"그때 난 겨우 다섯 살이었어," 페르텔로트가 지친 목소리로 대답했다. "게다가 잠들어 있었지."

"그리고 난 갓난아기에 불과했지." 다른 한 여자가 쏘아붙였다. "속수무책으로 요람에 누워 있는데 언니는 쥐들이 내 위를 기어다니는 것도 모자라 내 코를 야금야금 갉아 먹도록 내버려뒀어."

"그만해, 플로라."

그러나 플로라의 웅웅거리는 저음은 한 음절도 주저하지 않았다. "……그리고 내 입술과 볼의 더 맛있는 부위를……."

"그만해!"

"……언니라면 으레 갓난아기인 동생을 지켜봤어야 하는 건데……."

그렇다, 그녀는 언니와 함께 살면서 너무나도 간절히 언니가 자신을 돌봐주기를 바라고 있었다. 모름지기 자매란 함께 살며 서로 위로가 되는 법이니까. 근데, 가만, 나는 자매가 없잖아. 난…….

뭐야, 설마 나도 언니나 여동생이 있었으면 좋겠다고 말하려던 참이었던 거야?

'말도 안 돼, 에놀라. 넌 지금 이 순간까지 그런 생각이라곤 단 한 번도 해본 적이 없어.'

보살핌에 대해 말하자면, 우선 내겐 두 오빠가 있었다. 기숙사에서 사교 예절을 잘 배워 결혼에 적합한 여성이 되도록 여동생을 꽤나 잘 돌보고 싶어 했던…… 그리고 엄마가 있었지. 딸이 하고 싶은 대로 하며 자라도록 그에 따른 자유와 수단을 제공해주던 엄마.

'에놀라 홈즈, 풀 죽어 있지 마. 넌 혼자서도 매우 잘 해낼 거야.'

그 내면의 목소리는 친절하지만 강했다. 그건 바로 나 자신의 목소리였다. 하지만 마치 여전히 엄마가 나와 함께 있는 듯한 느낌이었다. 내 안에. 그리고 그 순간 난 기꺼이 있는 그대로의 엄마 모습을 용서했다.

문득 내 마음을 짓누르던 무거운 체중이 내려가는 듯했다.

한편, 플로라는 여전히 볼멘소리를 내고 있었다. "넌 내 언니야, 날 돌봐야 할 언니면서 내가 널 깨울 만큼 크게 울지 않았다는 거야?"

그녀의 한탄이 이제는 짜증스럽게 들렸다.

그간 지겹도록 들어 동생의 말에 이골이 났을 법도 한데 페르텔로트는 발끈했다. "플로라, 제발 그만해!" 그녀가 고통스럽게 소리쳤다. "너 참 잔인한 애구나!"

"코를 잃어버린 건 언니 '너'가 아니고 나야."

코.

세상에.

더 이상 덜덜 떨며 납작하게 누워만 있을 수 없는 순간이었다. 나는 머리를 들어 올렸다. 플로라를 너무나도 보고 싶었기 때문이다. 다시 한 번 현 상황에 초점을 맞춰보며, 왓슨 박사 때문에 코가 잘린 군인에 대한 내 훌륭한 이론은 이제 쓰레기통에나 처박힐 신세란 걸 깨달았다. 물론 기묘한 꽃다발을 보낸 자가 남자란 추론은 아직 유효하지만 말이다.

아니면? 혹 사람들이 플로라를 남자로 알고 있는 건 아닌지, 그건 지켜봐야 할 일이었다.

나는 손과 무릎을 움직여 좀 더 편한 자세로 바꾼 다음

(속으로는 기어가기 가장 어려운 복장인 내 스커트에 저주를 퍼부으며) 최대한 조용히 난간 위를 기어가 창문으로 향했다.

"엄마가 돌아가신 후로 최선을 다했어." 페르텔로트가 말하고 있었다.

이 말은 아마 사실일 것이다. 내가 페르텔로트를 처음 알게 되었을 때, 그녀는 마치 엄마처럼 보였다. 필시 어린 나이에 엄마의 책임을 떠맡았을 것이다.

창문 모퉁이에서 안을 들여다볼 수 있도록 나는 머리를 들어 올렸다. 들킬 수도 있는 터라 아주 살짝만 들어 올렸다. 제일 먼저 레이스 커튼이 보였다. 앞으로 몸을 기울이자 희미하게나마 이제 커튼을 통해 안도 보였다. 지저분하고 허름한 거실이 드러났다. 이윽고 두 사람도 보였다. 둘은 의자를 비워둔 채 서 있는 상태였다. 울화통이 치밀어 도저히 앉아 있을 수 없다는 분위기였다. 페르텔로트는 내 쪽으로 등을 지고 서 있었다. 자신의 풍만한 엉덩이에 주먹을 올려놓은 채 부분적으로 플로라를 가리고 서 있었다. 플로라에 대해선 그녀가 언니처럼 튼튼하다는 것, 그리고 언니의 옷차림처럼 소박한 블라우스와 치마를 입고 있다는 것만 겨우 감지될 뿐이었다. 플로라의 얼굴이 언니처럼 크고 넓적할 거라 생각했는데 그녀의 모습은 잘 보이지 않았다.

페르텔로트가 계속 소리치듯 말했다.

141

"그 후로 내 평생, 그때의 미안함을 보상하려고 노력했어. 항상! 네가 사람들 앞에 설 수 있도록 그 방법을 찾는 일에 남편까지 끌어들이고……."

"언니는 날 결혼시켜 내보내려고만 했잖아."

"나는 널 '행복하고 정숙한 여자'로 키우려고 노력했어. 그런데 넌 턱수염이나 기르고 툭하면 바지나 입고 쏘다니기 일쑤였잖아."

오. 오, 세상에, 그녀가 바로 그 기묘한 꽃다발을 보낸 자였다. 틀림없이 그자여야 했다. 순간 그녀의 얼굴을 보고 싶어 안달이 난 나는 이내 유리창 바깥 창문에 얼굴을 바짝 가져다 댔다.

"……이것저것 하느라 촐랑대며 돌아다니기 일쑤였고." 페르텔로트가 격렬한 분노를 쏟아냈다.

"난 언니의 남편 역할을 해야 했잖아, 아니야?"

"아니! 네가 내 남편을 가만 내버려두지 않았잖아. 넌 그저 사악하고 증오심만 가득한 아이야……."

"넌 지금 '흉측한' 인간이 돼가고 있다고." 맙소사, 페르텔로트가 처절한 고통을 호소하고 있었다. 뭐라도 먹어야 할 것마냥 수척한 모습이었다.

"적어도 남자는 말이지……."

"……내가 잔소리꾼도 아니고, 일할 땐 집에 좀 있으라고 내가 얼마나 입이 닳도록 타일렀니? 근데 넌 여전

히 사업인지 뭔지 모를 이상한 꿍꿍이만 계속 벌이고 있

잖아. 난 널 콜니 해치 정신병원으로 다시 보낼까 해!"

　말이 끝나기 무섭게 다른 한 여자가 분노에 차서 비

명을 지르며 언니에게 달려들었다. 그리고…… 비로소

난 그녀의 얼굴을 볼 수 있었다. 하지만 차라리 안 보는

편이 나았을 듯싶다! 플로라가 한 손으로 자기 코를 홱

잡아채더니 페르텔로트를 향해 찌르는 시늉을 했던 것

이다. 그녀는 코를 무기처럼 흔들어대면서 쏘아붙였다.

"그래, 어디 한번 맘대로 해보시지. 어떻게 되는지 한번

보자고! 어디 한번 맘대로 해봐!" 그러더니 이번엔 다른

손으로 입과 볼에서 누더기 같은 위장용 접합제를 떼어

냈다. 그녀의 얼굴은, 아니 얼굴 형체로 남아 있는 부분

은 마치 득실거리는 떼거리 민달팽이마냥 온통 뒤틀려

있었다. "언니는 물론이고, 언니 말대로 날 정신병원에

처넣도록 서명하는 의사 놈도 전부 큰코다칠 줄 알아!"

　플로라의 외모를 보는 게 너무나도 끔찍했던 나머지

난 그녀의 말을 거의 알아듣지 못했다. 마땅히 얼굴이

있어야 할 자리엔 마치 살이 기어다니기라도 하듯 여기

저기 굽이쳐 있었고, 입과 코 자리엔 구멍만 하나 떡하

니 나 있을 뿐이었다. 그리고 그녀의 눈은…… 아무런

문제도 없었다. 다만 눈물 흘리는 법을 잊은 지 오래여

선지 그녀의 눈빛에는 살기가 어려 있었다. 그 숭년 여

자의 눈빛은 불구가 된 얼굴만큼이나 섬뜩하기 그지없었다. 그때였다. 나도 모르게 움직이다 부스럭거리는 소리를 냈던지, 인기척을 느낀 그녀가 광기 어린 눈빛으로 이리저리 훑어보더니 이내 내 모습을 발견했다.

마치 한밤중 호수에서 노닐다가 횃불 빛에 이끌려 제대로 잡힌 커다랗고 멍청한 물고기마냥, 창가에서 엿듣고 있다 제대로 발각된 것이다.

그녀는 마치 고통에 겨워 몸부림치는 민달팽이 떼거리처럼 소리를 질러대며 나를 쏘아보았다.

페르텔로트 또한 날 보려고 몸을 휙 돌렸지만, 그 순간 난 몸을 피했다.

자매 중 어느 쪽인지는 모르겠지만 그중 한 명이 이루 말할 수 없는 충격적인 소리를 내질렀다. 난 도망쳐야 했다. 하지만 그 좁은 난간에서 빨리 움직이는 건 불가능했다. 그렇다고 왔던 길로 되돌아갈 수도 없는 노릇이었다. 대신 나는 난간을 타고 건물 모퉁이를 돌아 서둘러 가던 길로 도망쳤다. 이 길로 가다 또 뭐가 나타날지는 알 수 없었지만 말이다. 마치 커다란 애벌레마냥 그렇게 꼬물거리며 막 난간을 따라 기어가는데 영 진도가 나가지 않았다. 빌어먹을 스커트 때문에 자꾸만 몸이 처마의 가장자리로 쏠렸던 것이다.

여성들에게 긴 치마를 권장하는 이유는 하나라고 나는 굳게 믿고 있다. 그건 오로지 가치 있는 일이라곤 하나도 할 수 없게 만들려는 의도다.

그때 내 뒤쪽에서 창문이 활짝 열리며 마치 사냥개 떼마냥 페르텔로트가 으르렁대는 소리가 들려왔다. "경찰! 도와주세요! 도둑이에요! 경찰!" 아마도 이렇게 말하는 듯했다.

경관의 호루라기가 날카로운 소리를 내며 다른 동료 경관들을 호출했다. 이어 북쪽, 서쪽, 동쪽, 사방에서 회답하는 호루라기 소리가 진동을 쳤다. 건물 안쪽 계단에서도 누군가 쿵쾅거리며 내려오는 발소리가 들렸다.

두 자매는 내가 당연히 밑으로 도망갈 것으로 기대했다. 그래서 난 그러지 않기로 했다. 위로 올라가기로 했다.

사실 말이 쉽지 만만치 않은 일이었다. 발목엔 스커트가 감겨 있는 데다 그나마 앞을 볼 만한 빛도 전혀 없는 상황이었기 때문이다. 그런데 더듬거리며 겨우겨우 기어가던 내 앞에 모퉁이 부근에서 배수관 하나가 나타났다. 나는 양손으로 그 배수관을 붙잡고 마치 돛대를 오르는 선원마냥 하늘을 향해 있는 힘껏 기어 올라 갔다. 한편, 내 밑에선 거리로 쏟아져 나온 이웃과 앞다퉈 도착한 경찰에 이어 고함, 비명, 호루라기 소리, 말발굽 소리, 궁왕거리는 말소리 등 온갖 시끌벅적한 소리가

145

웅성웅성 울려 퍼지고 있었다. 내게 그렇게나 많은 사람을 불러 모을 힘이 있었다니 그저 놀라울 따름이었다. 이윽고 배수관의 꼭대기에 다다랐다. 거기엔 절벽 같은 건물의 또 다른 돌출된 난간이 가로막고 있었지만 고양이가 마스티프(맹수 사냥용으로 사육되는 초대형 개 품종-역주)의 위협을 받을 때처럼 나는 재빠른 동작으로 한 치의 주저함 없이 그 처마로 뛰어 넘어갔다.

그리고 또 다른 벽을 만났다. 아, 피난처 같은 지붕에는 정말로 절대 도달할 수 없는 것인가? 잠시 완전히 좌절한 나는 벽면에 달린 고대 석고판을 손으로 한번 실컷 때려봤다. 역시나 쓸모없는 시간과 노력의 낭비일 뿐이었다. 난 현재 가고 있던 거리 쪽 방향에서 어둠 속 난간을 따라 몸을 틀어 반대 방향으로 달렸다. 하지만 이번엔 조금 전처럼 조심스럽게 살금살금 기어가지 않았다. 서서 달렸다. 난 이렇게 발을 쓰는 게 좋았다. 물론 지금 상황에선 응당 살금살금 기어가야 맞지만 그냥 내키는 대로 거침없이 달렸다. 발아래 무엇을 딛고 있는지도 볼 수 없는 상태로 그렇게 계속 달렸다. 아마도 미친 짓은 전염성이 있나 보다.

아니나 다를까 난 울퉁불퉁한 나무에 상당히 세게 쾅 부딪쳤다.

나를 가로막은 그 뭔지 모를 장벽에다 대고 난 평소

쓰지도 않던 험악한 욕을 사정없이 중얼중얼 내뱉었다. 그 장벽이 내 코, 그러니까 신체의 다른 부위보다 늘 앞서나가곤 하는 내 코에 충격을 가했기 때문이다. 순간 손으로 코를 어루만지고 싶었지만, 대신 나를 좌절시킨 그 구조물을 더듬어 살펴보았다.

아마도 그건 벽면의 일부가 외부로 돌출된 내닫이창의 한쪽이었을 것이다.

그 순간 '웬 창?' 따위의 궁금증이 생길 여유는 없었다. 돌출된 코일지라도 코를 지닌 데 감사해야 하는 바보가 필사적으로 지붕에 오를 것이냐, 아니면 그냥 절망의 계곡으로 들어갈 것이냐 하는 절체절명의 상황이었기 때문이다. 앞으로, 위로, 더 높이! 발에 뭐가 닿든 난 허우적대며 결국 그 좁은 꼭대기까지 기어 올라갔고, 그곳에 올라선 후엔 감사한 마음으로 깊은 숨을 내쉬었다. 이제야 희미하게나마 시야가 트였기 때문이다.

마침내 별이 총총히 박힌 밤하늘이 넌지시 눈에 들어왔다.

아울러 이런 아름다운 밤하늘에 맞서기라도 하듯, 여기저기 드리워진 산봉우리와 굴뚝들도 서서히 자태를 드러냈다.

드디어 해냈다!

마지막 남은 빌어먹을 돌출된 난간을 뒤로 나는 한 번

더 미친 듯이 기어올랐고, 마침내 지붕에 오르는 데 성공했다.

나는 헐떡거리며 가파른 지붕널에 납작하게 드러누웠다. 안전하게.

지금은 아무도 날 찾을 수 없었다. 고로 나는 새벽이 될 때까지 여기서 푹 쉴 것이다.

하지만 이런 생각을 떠올린 순간, 훨씬 아래쪽 거리에서 한 경사의 목소리가 들려왔다. "이쪽으로 돌려! 여기 이쪽이라고! 어쩜 자넨 이리도 바보 같은 짓만 하는 거야?"

다음 순간 정말 강렬하고 눈부신 새하얀 광선 검 같은 빛이 어둠을 가르고 넓게 펼쳐지더니 순식간에 밤을 몰아냈다. 물론 난 신문에서 스코틀랜드 야드(영어권 세계에서 가장 유명한 경찰 본부이자 셜록 홈즈의 각별한 조롱의 대상이 된 런던 경찰청의 별칭-역주)의 새로운 탐조등 불빛에 대해 읽은 적이 있다. 하지만 읽는 것과 그런 불빛을 실제 마주하는 건 별개의 문제였다. 불빛과 마주하는 순간 난 두려움에 불쑥 소리를 내질렀다. 하지만 그 탐조등 빛을 보고 소리를 내지른 건 나뿐만이 아니었다. 최소한 아래쪽 복잡한 거리에 있는 사람들은 전부 그랬을 터라 어쨌든 내 소리를 들은 사람은 아무도 없는 듯했다.

"지붕 쪽으로 기울여!"

"말도 안 돼요." 다른 경관이 말했다. "아무도 그 위로는 올라갈 수 없어요. 여자는 말할 것도 없고……."

하지만 난 거기 머물며 경관들 이야기에 귀 기울일 상황이 아니었다. 게다가 지붕도 많이 흔들리고 약간 부실한 느낌이 드는 터라 그 가파른 지붕 위에서 뛰는 것도 자제해야 할 형편이었다. 그 대신 난 꿈틀거리며 지붕널 위로 기어 올라갔다. 당시엔 이 방법이 터무니없게 보였을지 몰라도 결과적으론 가장 다행스러운 일이 되었다. 안 그랬으면 경찰에게 '발각되었으리라'는 걸 나중에야 깨달았기 때문이다.

하지만 내가 아무리 호리호리할지라도 뱀같이 능수능란할 순 없는 노릇이었다. 나는 우여곡절 끝에 다시 페르텔로트의 집 꼭대기에 도달했고, 거기서 그 지붕을 끌어안고는 다른 쪽으로 미끄러져 내려갔다.

그 무시무시한 빛을 내뿜는 탐조등의 광선 검 같은 빛이 방금 내가 있던 곳을 지나갔다. 하지만 이제는 지붕의 그늘진 곳에 서서 안전하게 그 빛이 밤을 가르는 걸 감상할 수 있었다.

아, 아니다, 안전한 게 아니었다. 그들은 다음에 얼마든지 그 광선 검 같은 빛을 이쪽으로 돌릴 수 있었기 때문이다. 문득 빛이나 전기 작용마냥 번뜩 이런 생각이 떠올랐다. '다른 건물로 이동하고 또 다른 건물로 한 번 더 이동한 후 탈출하자!' 나는 벌떡 일어나 지붕의 가파른

비탈을 가로질러 뒤쪽으로 달려갔다. 너무 밝아 심지어 그 그림자로도 내 행방을 볼 수 있을 것 같던 무서운 탐조등에서 드디어 벗어났다. 저기닷! 이쪽 지붕은 그렇게 가파르지 않은 다른 쪽 지붕으로 바로 연결돼 있었다. 다행스럽게도 나는 그 다른 쪽 지붕으로 뛰어올랐다…….

그러나 다음 순간, 마치 절벽의 튀어나온 바위에서 속절없이 허공으로 떨어지듯 난 요란한 소리를 내며 아래로 곤두박질쳤다.

14장

유리 깨지는 소리 같은 게 연신 들리는 가운데 난 아래로 추락했다. 너무 놀란 나머지 떨어지면서도 고래고래 소리를 질렀다.

그러나 소리를 다 지르기도 전에 내 정신없는 추락은 끝이 났다. 쿵! 다행히도 충격을 꽤나 효과적으로 완화해주는 무언가에 떨어졌다.

그 무언가를 디딘 채 발로 착지한 나는 다리 힘이 풀려 무릎으로 체중을 받치고 있었다. 이게 뭐지?

이것은 흔히 스커트의 뒷부분을 부풀게 해주는 거대한 허리받이처럼 불룩하고 안에 공기가 가득한 탄력 있는 물질이었다. 또 나와 함께 후두둑 떨어지던 유리 파편과는 달리 이 칠흑 같은 어둠 속에서 전혀 식별이 불가능한 물질이었다.

151

문득 미처 다물지 못한 입안에서 짜고 끈적거리는 액체 맛이 느껴졌다. 난 얼른 입을 오므려 그 액체를 소매에 묻혀봤다. 맞다. 통증이 조금 느껴졌다. 이건 피였다. 아무래도 유리 파편이 내 얼굴에 상처를 낸 모양이었다. 다만 내 손에 비슷하게 베인 상처도 조금 따끔거리는 정도인 걸로 봐서 얼굴에 난 상처들도 그리 심각해 보이진 않았다.

어쨌든 난 전반적으로 이번 상황을 꽤 잘 모면한 것 같았다. 출혈이 있기는 했지만 그다지 심하진 않았다. 탐조등도 여기까지는 어림없을 것이다. 그런데 순간, 바보 같은 자신에 대한 짜증이 막 밀려왔다. 아뿔싸! 하필 내가 떨어진 곳이 키퍼솔트 씨의 온실 지붕이라니! 다른 곳도 아닌 내가 들킨 바로 그 건물의 꼭대기 말이다!

키퍼솔트 씨? 하지만 플로라는 그가 마치 죽은 것처럼 말했다. 게다가 그녀가 그 기묘한 꽃다발을 보낸 주인공이라면, 이곳은 그녀의 온실이라고 추론해야 맞다.

이런 생각들이 다소 어수선한 내 머릿속을 떠도는 가운데 혹여나 누군가가 인기척을 느끼고 이곳으로 달려올까 싶어 난 귀를 기울이며 미동도 없이 가만히 있었다. 하지만 내 심장 뛰는 소리와 헐떡이는 숨소리 외엔 아무것도 들리지 않았다. 그나마 이 두 소리도 아무런 놀라운 일이 벌어지지 않자 점차 잦아들었다. 그 후로도 얼마 동안 내 추적자들은 거리에 남아 있었을 테지만, 그 와자지껄한 소리 가운데 유리 깨지는 소리 같은 건 듣지 못했다고 보는 게 맞을 것이다.

음, 온실에 있으면서 가만히 생각해보니 운 좋게도 난 큰 화초에 안전하게 착지한 게 틀림없었다. 내 밑으로 줄기 같은 게 구부러져 있는 느낌이 들었기 때문이다. 이건 절대 거대한 허리받이가 아니었다. 비록 말갈기나 말총의 털같이 내 주변을 온통 감싸고 있는 그 길고 가느다란 엽상체 때문에 온몸이 근질거리긴 했지만 말이다.

어떤 위험이 닥치든 대비할 요량으로 나는 여전히 귀를 쫑긋 세운 채 더듬더듬 손으로 주변을 살폈다. 주위엔 푸르른 초목 외엔 아무것도 없었다. 문득 뭔지 모를 커다란 화초가 빗질하듯 내 얼굴을 쓸어내리는 느낌이 왔다. 난 이 화초가 심긴 화분용 영양토 위에 무릎을 꿇고 있었다.

이제 안전하다는 사실을 깨달았을 때 — 어디까지나 '비교적으로' 말이다 — 나는 이성이 마비된 듯 온몸이 사시나무 떨듯 떨려왔고, 더는 자세를 꼿꼿이 하기도 힘든 상태였다. 머리 위론 여전히 깃털 같은 엽상체가 내 몸을 뒤덮고 있는 가운데 나는 땅바닥에 털썩 드러누워 부드럽게 굽은 줄기들 사이로 몸을 내맡겼다. 그리고 그렇게 두 다리를 쭉 뻗는 찰나였다. 앗, 근데 이게 뭐

153

지? 너무나 당혹스럽게도 마치 정글 속에 떨어지기라도 한 것처럼 아직도 끝이 아니었다……!

내가 어디에 있는 건지는 정확히 알 수 없었지만 어쨌든 난 좀 쉬어야 했다. 잠깐 동안, 이 '떨림'이 멈출 때까지만이라도 말이다. 그런 다음엔 도망칠 것이다. 난 누운 상태로 부들부들 떨면서 가슴 위, 곧 단도의 칼자루 위에 두 손을 얹은 채 두 눈을 감았다.

"세상에, 완전 난장판이잖아!" 두 사람 중 한 명이 외치는 목소리가 들려왔다. 아니면 그 비슷한 말이었는지도 모르겠다. 아무튼 그렇게 말하는 소리를 들은 것 같다. 흔히 이런 상황에서 사람들은 자신들이 잠들어버릴 수 있다는 걸 좀처럼 인정하지 않는다. 그보단 기절했다고 말하고 싶어 한다. 물론 예외는 있다. 절대 기절하지 않는 체질의 나처럼…… 좌우지간 어느새 눈을 떠보니 연약해 보이는 수많은 엽상체 사이로 초록색 여명 빛이 어슴푸레 아른거렸다. 이젠 다 보였다. 덕분에 주변도 정확히 식별할 수 있었다. 나는 다름 아닌 아스파라거스 덤불에 푹 빠져 있는 상태였다.

"안 돼! 내 아가들!" 두 사람 중 플로라가 비명을 지르는 듯했다. "내 산사나무, 내 나팔꽃, 내 실잔대…… 온통 유리 파편에다, 저 구멍들로 찬바람까지 숭숭 들어오네!"

내가 무방비상태로 있었다고 고백하는 게 좀 부끄럽긴 하지만, 적어도 난 단도 칼자루를 쥐고 있는 걸 빼면 완전 쥐 죽은 듯 누워 찍소리도 내지 않고 있었다.

한편, 가까운 계단 위로 쿵쾅거리는 발소리가 들려왔다.

"사악한 년!" 플로라가 계속 소리쳐댔다. "창밖에 있던 그년이 침입했어! 내 온실에!"

"플로라, 진정해." 페르텔로트가 지친 목소리로 말했다. "그 여자는 이미 가버린 지 오래야."

그랬으면 좋았겠지.

"제기랄, 대체 그년은 누구야?" 플로라가 광기에 찬 목소리로 내뱉었다. "그년이 우리에게 원하는 게 뭔데?"

"모르겠어." 동생의 말투에 놀란 눈치는 아니었으나 꽤나 단호하게 페르텔로트가 이렇게 덧붙였다. "나야말로 궁금해."

"죽어버릴 거야! 그년을 찾아서 그자를 끝장냈던 것처럼 죽어버릴 거야……."

"플로라! 페르텔로트가 플로라의 말을 끊고 엄중히 꾸짖으며 말했다. "아무도 죽이지 마. 다시는 아무도. 내 말 알아들어?"

플로라가 내겐 들리지 않는 부루퉁한 목소리로 뭔가를 중얼거렸다.

이어서 페르텔로트가 격앙된 목소리로 물었다. "그건

155

그렇고, 왓슨 박사한테는 무슨 짓을 한 거니?"

"아무 짓도 안 했어. 내가 무슨 짓을 했다고 그래?" 짜증을 참다못한 플로라가 눈물을 터뜨리며 아이처럼 칭얼거렸다. "내 온실이 이 지경인데 왜 자꾸 나한테 난리야?"

"아이고, 잘났어, 정말. 그게 뭐 대수라고. 유리 끼우는 사람 부르면 되잖니!" 이제 진이 다 빠져 넌덜머리가 난다는 투로 페르텔로트가 대꾸했다. "왓슨 박사한테 일어난 일과 넌 관련 없는 게 좋을 거야! 아, 내 아침 다 식겠다." 무거운 발소리가 들리는 것으로 보아 이제 페르텔로트가 자리를 뜨는 모양이었다.

"아무래도 언니가 내게 등을 돌릴 것 같아." 플로라가 코를 훌쩍이며 이른바 그녀의 '아가들'에게 말을 건네는 듯했다. "아침? 그렇지, 나도 먹다 만 상태지……." 그녀도 언니를 따라 온실 문을 쾅 닫고는 쿵쿵거리며 나가는 소리가 들려왔다.

수많은 아스파라거스에 파묻힌 채 난 다시 떨기 시작했다.

'에놀라, 이렇게는 도저히 안 되겠어.'

아, 그런데…… 살인과 왓슨 박사에 대해 그들이 툭툭 내던진 말들은 뭘까…….

'아냐, 그건 나중에 생각하자. 지금은 여기서 나갈 궁리만 하자.'

그사이 내 몸은 점점 심하게 떨려왔다.

난 마음을 가라앉히기 위해 전에 종종 그랬던 것처럼 눈을 감고 엄마의 얼굴을 그려보았다. 물론 이번에도 엄마는 이렇게 말하고 있었다. "에놀라, 넌 혼자서도 꽤 잘해낼 거야." 다행히도 이번엔 엄마를 떠올려도 마음 아프지 않았다. 그저 푸근한 느낌만 들었다. 언제 그랬냐는 듯 떨림도 단번에 사라졌다. 덕분에 난 다시 명확히 생각할 수 있었고, 해야 할 일도 능히 계획할 수 있었다.

그곳에서 빠져나오는 건 그리 어렵지 않았다. 그저 아스파라거스 한가운데 앉아 들키지 않도록 부츠를 벗은 다음, 스타킹만 신은 발로 조용히 걸어 나오면 그만이었다! 다만 그 아스파라거스는 밑으로 여러 개의 나무 받침대가 떠받치고 있는 꽤 육중한 2미터 정도 높이의 거대한 철제 컨테이너 안에서 자라고 있었다. 이건 내가 아래로 내려가서 몇 걸음 뒤로 물러난 다음 본 광경이었다. 온실 지붕의 구멍과 그때 깨진 유리 파편들이 아스파라거스, 빨간 산사나무, 하얀 양귀비 등에 여기저기 흩어져 있는 모습도 보였다……. 하지만 온실에 대해선 그다지 신경 쓸 여력이 없었다. 어느새 다리가 휘청거렸기 때문이다. 사실 24시간 동안 쫄쫄 굶었으니 그럴 만도 했다. 나는 당 보충용 설탕 캔디를 꺼내기 위해 일른 스커트 주머니에 손을 넣었다. 그러나 아무것도 잡히지 않았다. 허둥지둥 너무 서둘러 나오느라 가지고 오는 것을 깜박했던 것이다.

빌어먹을. 몸이 안 좋아 쓰러지기라도 하기 전에 얼른 도망쳐야 했다.

부츠를 들고 최대한 살금살금 온실 문까지 걸어가 귀를 기울였다.

바라던 대로 아래에서는 두 자매의 싸우는 소리가 들려왔다. 그들이 서로를 계속 질책하는 한, 난 그들이 어디 있는지 알 수 있을 것이다. 또 하인들도 틀림없이 그들의 말을 엿듣기 바쁠 테니 내 움직임 따위에는 관심이 없을 것이다.

하지만 돌이켜보니 그들에게 하인이 있는지조차 의심스러웠다. 만약 페르텔로트에게 돌볼 사람이 플로라밖에 없다면, 굳이 하인을 두어 가족사를 노출할 위험을 감수할 필요가 있을까?

나는 아주 조용히 온실 문을 연 다음, 미끄러지듯 계단을 내려왔다.

앞쪽에 있는 방 어딘가에서 플로라가 여전히 주절대고 있었다. "언니는 항상 날 돌봐줄 거야, 안 그래, 언니? 대답해봐. 언니는 항상 날 돌봐줄 거라고."

물론 쥐가 그녀의 얼굴을 갉아 먹었을 때는 빼고 말한 거겠지.

나는 오한에 벌벌 떨며 빈 부엌을 지나 뒷계단으로 살금살금 내려갔다. 그런 다음 뒷문으로 나가 돌에 발이 차여 멍이 들든, 최악의 런던 폭력배들이 우글거리는 곳을 지나가든 신경 쓰지 않고 비틀거리며 필사적으로 내달렸다.

15장

신기하게도 내 더럽고 후줄근한 차림은 이 좁고 붐비는
거리에서 날 보호해주는 역할을 했다. 거리엔 간밤부터
퍼마신 주정뱅이들이 잔뜩 취한 채 신음 소리를 내고 있
었고, 때 묻은 긴 앞치마만 두른 한 소녀는 추위로 맨발
이 시퍼레진 채 출입구에 웅크리고 있었다. 깡마른 팔다
리에 구멍조끼라도 걸친 듯 엄청 크고 허름한 셔츠와 바
지를 입은 남자애들은 잘 차려입은 한 여인을 뒤쫓으며
페니를 구걸하고 있었고, 주부들은 음식물 찌꺼기를 버
리고 있었으며, 플란넬 제복을 입은 일꾼들은 일터로 터
벅터벅 걸어가고 있었다. 이때 손수레를 밀던 한 남자가
고래고래 소리쳤다. "따끈따끈한 번(건포도 등이 든, 단맛
이 많이 나는 작고 동그란 빵-역주), 소시지, 슈에트 푸딩(다
진 쇠고기 지방과 밀가루에다 때로는 건포도·양념 따위를 섞어

넣어 삶거나 보자기에 싸 쪄서 만드는 푸딩-역주)이요! 아침에 먹는 기름진 푸딩이요!" 이런 거리에선 내가 부츠를 신는답시고 차도와 인도 사이의 연석에 걸터앉든, 또는 불결한 길거리 소시지를 씹으며 저는 발로 느릿느릿 걸어가든, 누구 하나 신경 쓰지 않았다. 이처럼 떠들썩하고 도둑이 득실대는 거리에 만약 사랑스러운 에버소우양이 점잔빼며 종종걸음으로 나타났다면, 오히려 그녀는 즉시 꿇어앉힌 채 당연히 입고 있던 근사한 옷을 탈탈 털렸을 것이며, 풀려난다 해도 벌거벗겨진 채 쫓겨났을 것이다. 하지만 마치 싸움이라도 벌이고 온 양 지저분한 머리에 풍파를 겪은 듯한 눈망울을 한 상처투성이의 젊은 여자는 전혀 눈에 띌 가능성이 없었다.

하지만 내가 다시 왓슨 박사의 저택 가까이에 있는 새 숙소로 돌아왔을 때는 얘기가 달라졌다. 다행히도 날카로운 눈매의 집주인은 나가고 없었지만, 얼빠진 듯 바라보는 잡일하는 어린 소녀에게는 1실링의 뇌물이 필요했다. 또 몸이 편치 않으니 식사를 올려달라고 여주인에게 말해주는 조건으로 돈을 더 준다는 약속이 필요했다. 아울러 목욕을 할 수 있게 해주되 아무 말 않는 조건으로 추가의 실링을 더 얹어준다는 언질도 필요했다.

그렇게 난 이른 오후까지 식사를 마치고, 몸을 씻고, 삭은 꽃다발이 인쇄된 홈드레스를 입고, 얼굴에 난 상처에 반창고를 붙인 다음, 초조해하며 방을 왔다 갔다 하고 있었다.

페르텔로트의 목소리가 마음속에서 메아리쳤다. '플로라, 다시는 아무도 죽이지 마. 대체 왓슨 박사한테는 무슨 짓을 한 거니?'

세상에, 나는 알아내야 했다.

왓슨 박사를 도우려면 — 그러니까 그가 아직 살아 있다는 전제하에 말이다! — 플로라에 대해 반드시 알아야 했다. 그녀의 성이 뭔지, 그녀가 정말로 살인을 한 적이 있는지, 그녀가 정말로 범죄를 저지른 적이 있는지, 그리고 왓슨 박사가 플로라를 정신병원에 보내는 서명을 했고 이것이 그녀에게 복수할 동기를 제공했는지, 그 모든 걸 알아내야 했다. 아울러 한 사람을 정신병원에 집어넣기 위한 정확한 절차를 알아내야 했다. 나는 단지 몇몇 서류에 가족 구성원 한 명과 의사 몇 명의 서명이 필요하다는 것만 알아냈을 뿐이다. 과연 무엇이 필요할지 스스로에게 질문을 던져보다가 자치구 사무실, 경찰, 콜니 해치 정신병원 자체를 조사해야겠다는 생각이 들었다.

하지만 아무리 가벼운 상처라곤 해도 얼굴에 난 상처를 고려할 때 나는 아름다운 에버소우 양의 차림으론 갈 수 없었다. 그런 차림이라면 자그마한 기미만 있어도 그 흔적이 가라앉을 때까지 외출하지 않는 게 상책이었다.

하지만 내게는 변장 도구는 물론, 얼굴을 다 가릴 베일 한 장 없는 상황이었다. 그리고 설령 베일이 있다 해도 썩 도움이 될 것 같지는 않았다. 경험상 사랑스러운 에버소우 양의 핵심은 얼굴을 다 드러낸 채 신문사 직원들을 감언으로 구슬려 정보를 빼내는 것이었기 때문이다.

고로 아무리 방을 이리저리 서성이며 초조해한다 한들 내 입가의 긁힌 상처가 다 낫거나 다른 적절한 변장을 찾을 때까진 빼도 박도 못 할 신세였다.

혹 상처 난 내 모습을 누가 볼까봐 숙소를 떠날 수도 없었다.

정말 숨 막히는군! 그사이 왓슨 박사에게 무슨 일이라도 일어난다면?

벌써 박사에게 무슨 일이 일어난 건 아닐까?

"빌어먹을! 이렇게는 도저히 안 되겠어!"

단 하루일지라도 과연 플로라 같은 여자가 왓슨 박사를 안 건드린다고 보장할 수 있을까?

행여나 무슨 일이라도 생기면 다시는 떳떳이 거울도 못 볼 것이다. 그러나 다른 선택의 여지가 없었다. 그 방법 말고는…….

셜록 오빠와 연락하는 방법 말이다.

그리고 바로 그 생각이 날 공포로 몰아넣었다. 오빠를 보러 간다는 건 아무리 생각해도 불가능한 아이디어였

163

기 때문이다. 심지어 메시지를 보낸다고 해도 오빠같이 영리한 사람이 그것을 역추적해내기는 얼마나 쉽겠는가! 그간 셜록 홈즈에 대해 들은 소문으로 판단해보건대, 내가 선택한 문구류, 내 잉크 색깔, 내 필적, 우체부의 지문 등 어떤 사소한 것도 발각의 단서가 될 수 있었다.

그런 위험을 무릅쓸 순 없는 노릇이었다.

하지만 그래야만 했다.

만약 내가 아무것도 하지 않아 왓슨 박사가 죽는다면……

"신문이요, 부인." 내가 『펠 멜 가제트』지를 사오라고 보낸 그 잡일하는 소녀가 소심하게 내 방문을 두들기며 못지않게 소심한 목소리로 날 불렀다.

"고마워. 그냥 선반에 놓아줄래?"

소녀가 떠나자 나는 신문을 방으로 가져왔다. 그러고는 여전히 서성이면서 왓슨 박사에 대한 또 다른 뉴스거리가 있는지 살펴보았다. 물론 아무것도 없었다. 신문의 나머지 장은 아무렇게나 내팽개쳐둔 채 조마조마하며 다음 장의 '인사 광고란'을 펼쳤다. 예상대로 처음 본 이후 늘 같은 자리에 있던 그 메시지가 눈에 띄었다. "422555 415144423451 3342445423545351 3532513451 35325143 23532551 55531534 3132345 5441143543251331533."

해독하면, IVY DESIRE MISTLETOE WHERE WHEN LOVE YOUR CHRYSANTHEMUM(아이비. 바람. 겨우살이. 어디서. 언제. 사랑. 당신의 국화). 바로 그 메시지 말이다.

난 여전히 이걸 가지고 뭘 해야 할지 몰랐다.

난 엄마를 알았다. 엄마는 단순히 '사랑Love'타령이나 할 사람이 아니었다. 엄마가 날 위해 그걸 보냈을리 만무했다.

하지만 내가 엄마에게서 그 사랑을 얼마나 바랐던가! 특히 왓슨 박사에 대한 걱정으로 마음이 힘든 지금은 더더욱 그랬다. 엄마라면 이런 경우 뭘 해야 할지 알 것이다. 틀림없이!

이 메시지를 엄마가 보냈을 가능성이 아주 희박할지라도 이렇게 그냥 그 가능성을 날려버려도 될까? 만약 엄마가 가족애의 손을 내민 것인데 내가 응답하지 않는 거라면 엄마는 다시 그 사랑을 베풀어줄까?

혹 내가 엄마에게 약간 화가 나 있는 걸 직감하고 그걸 보상하려고 한 건 아닐까?

하지만 런던으로 올 이유가 있다 한들 집시들만 행방을 알 정도로 자기 위치를 도통 알리지 않는 엄마가 과연 스스로 만날 장소와 시간을 정하려 들까?

그렇담 혹 누군가 거짓 장소를 흘려 내 의심을 피하려고 했던 것은 아닐까!

자기 꼬리를 물려고 빙빙 도는 강아지마냥 온갖 생각이 꼬리에 꼬리를 물고 맴돌았지만 내 눈은 끊임없이 '인사 광고란'을 살피며 열심히 제 할 일을 하고 있었다. 하지만 신문에 딱히 자세히 볼 만한 내용은 없었다. 바로 그때였다. 큼지막한 대문자로 쓰인 미스터리한 메시지가 내 시선을 휘어잡았다.

ALONE PART PART ALONE

가히 출처도 모호하고 서명도 없는 메시지였다.

ALONE PART PART ALONE

이게 전부였다.

나는 메시지를 찬찬히 살펴보았다. 당황스러웠다. 누가 봐도 눈에 띄는 대담한 활자로 그런 수수께끼 같은 익명의 메시지를 보내다니…… 아마 다른 많은 사람도 나와 같은 느낌을 받았으리라. 보아하니 암호도 아니었고 쉬운 영어일 뿐이었다. 누군가가 그밖에 다른 누구누구에게 뭔가를 말하고 싶어 하는 듯했다. 그렇담 그게 뭘까? 파트Part 혼자? 누군가에서 온 파트Part? 혼자라는 뜻과는 뭐가 다를까? 그 대목에선 아무 어려움도 없었다. 뒤에서부터 읽을 때 내 이름 '에놀라Enola'도 '얼론alone(혼자서)'이듯 난 항상 혼자였으니까.

그 순간 제대로 된 메시지가 떡하니 눈에 들어왔다.

ENOLA TRAP TRAP ENOLA

웃음이 터져 나왔다. 커다란 안도감이 밀려왔다. 그것도 결국엔 암호였던 것이다! 유치하다고 할 만큼 너무나도 단순해서 오직 엄마 같은 천재만이 생각해낼 수 있는 그런 암호 말이다. 엄마 덕분에 난 이제 'IVY DESIRE MISTLETOE(아이비. 바람. 겨우살이)'라는 메시지가 의심할 여지없이 내 사랑하는 셜록 오빠의 허위 메시지라는 걸 감지했다. 그리고 난 이제 훨씬 더 중요한 사실을 깨달았다. 소위 상식이라고 하는 세상의 눈으로 보면 엄마답지 않아 보이겠지만, 사실 엄마는 날 지극히 아꼈다. 엄마만의 방식으로 말이다.

셜록 오빠가 왓슨 박사를 찾는 걸 돕는 일은 꽤 까다로운 일이다. 하지만 난 지금 그 일을 좀 더 잘 해낼 수 있을 것 같았다. 따뜻한 애정을 품은 엄마의 얼굴을 그리며 난 이제 서성이는 것도 멈추고 앉아 있을 수 있을 만큼 제법 마음의 안정을 찾았다. 그렇게 스스로 기운을

북돋우며 난 연필과 큰 용지 묶음을 손에 들었다.

오빠와 소통하려 할 때 필요한 건 뭐고, 생략해도 되는 건 뭘까?

우선, 내가 정확히 알고 있는 사실은 뭘까?

나는 종이를 무릎 위에 놓고 휘갈겨 쓰기 시작했다.

나는 페르텔로트가 "그 남자가 뭘 어쨌는데요?"라고 말한 걸 알고 있다. 아님 그 말은 "그 여자가 뭘 어쨌는데요?"라는 뜻일 수도 있다. 서로 엇비슷하게 들리는 소리니까. 여기서 당연히 그녀는 여동생 플로라다. 나는 페르텔로트가 그녀의 남편인 키퍼솔트를 살아 있는 사람으로 말한 건 알고 있다. 하지만 플로라는 그를 죽은 사람으로 말하고 있다.

나는 페르텔로트가 플로라에게 "더는 사람들을 끌어들이지 마."라고 말한 걸 알고 있다. 이게 무슨 뜻일까??? 이때 플로라는 뭐라고 답했었지? 뭔가 '그자에게 딱 맞는' 곳에 잡아넣어둔다고 말했던 것으로 기억한다. 이때 플로라는 키퍼솔트를 언급한 것일까, 아니면 왓슨 박사를 언급한 것일까?

나는 페르텔로트가 플로라에게 "대체 왓슨 박사한테는 무슨 짓을 한 거니?"라고 물은 걸 알고 있다.

나는 플로라가 남장을 하고 다닌 걸 알고 있다. 그 기묘한 꽃다발을 보낸 자는 거의 그녀가 확실하다.
나는 페르텔로트가 플로라에게 다시는 아무도 죽이지
말라고 말한 걸 알고 있다. 그렇담 플로라가 왓슨을 죽인
것일까?

그중에서 마지막 의문은 가장 당혹스러운 점이었다.

방금 적어둔 메모 사이에 뭔가를 더 끼적거리던 나는
이제 본격적으로 그림을 그리기 시작했다. 난 예술가와
는 거리가 먼 사람이다. 하지만 사람들의 얼굴에서 특
징을 잡아 과장되게 그리는 재주가 있고, 그런 재주가
내 안에서 추론을 끌어내는 데 도움을 준다는 걸 알고
있었다. 난 페르텔로트를 스케치했다. (그녀의 진짜 이름
이 뭐였지? 그녀는 창문 밖에서 날 알아봤을까? 이 외에도 답을
찾을 수 없던 의문점들은 많았다.)

플로라는 여자일 때보다 남장을 할 때 더 자신에게 만
족하는 듯했다. 그것을 부정하는 페르텔로트가 좀 편협
해 보인다는 생각을 하며 그림을 그려나갔다. 내가 그
린 플로라의 그림은 코와 수염이 있는 영락없는 남자의
모습이었다. 음, 대체 플로라는 어떻게 이런 변장을 하
게 된 걸까?

그런 다음 기억을 더듬어 아래와 같이 좀 더 적어봤다.

169

플로라는 말했다. "난 언니의 남편 역할을 해야 했잖아, 아니야?"

이에 대해 페르텔로트는 그를 가만 내버려두라고 말했다.

왓슨과 코 없는 병사의 이론이 매우 심한 오류란 게 드러난 후 어느 정도 나 자신에 대한 회의가 들기도 했지만, 그래도 난 여전히 페르텔로트와 플로라 그리고 그 사라진 키퍼솔트 사이의 연관 고리에 대해 가설을 세우기 시작했다. 가설은 이랬다. 처음에 키퍼솔트는 아내의 여동생을 도우려 했다. 하지만 결국 플로라에 대해 참을 수 없다는 걸 깨닫고, 그녀를 콜니 해치 정신병원에 집어넣었다. (찬찬히 생각하며 앉아 있는 동안 나는 플로라를 여자로도 그려봤다. 물론 외모는 페르텔로트와 비슷하게 그렸다.) 하지만 배고픈 쥐들로 인한 불행한 사건 이후 플로라에게 헌신하는 삶을 살 수밖에 없었던 페르텔로트는 차마 자신의 동생을 정신병원에 감금할 수 없었다. 동생이 거의 정신병자인 게 틀림없었지만 말이다. 남편과 여동생 사이에서 선택의 기로에 놓인 그녀는 여동생을 옹호했고, 남편에게 반항했으며, 플로라를 정신병원에서 풀어주었다.

그리고 나서 플로라는 바로 키퍼솔트를 죽였다.

이 일에 페르텔로트는 전혀 마음 쓰지 않았다. 남편이

아직 살아 있는 듯 가장해 범죄의 은닉을 도운 걸 보면 말이다. 그러면서도 페르텔로트는 그런 불행한 사건들이 재발하지 않도록 동생을 통제하려고 노력했다. 하지만 틀림없이 플로라는 여전히 어떤 문제를 일으킬 작정이었고…….

'당연하겠지.'

나는 기억을 더듬어 엿들었던 대화를 추가로 메모했다.

"언니는 물론이고, 언니 말대로 날 정신병원에 처넣도록 서명하는 의사 놈도 전부 큰코다칠 줄 알아!"

플로라는 여전히 왓슨 박사에 대해 원한을 품고 있었다. 왓슨 박사가 자신을 정신병원에 집어넣는 데 서명했기 때문이다. 난 점점 이 사건의 진상에 가까워지고 있다는 확신이 들었다. 하지만 플로라가 왓슨 박사한테 무슨 짓을 한 걸까? 혹시 죽였을까? 그 생각을 하니 소름이 끼쳤다. 그리고 심장을 찌르듯 가슴이 저려왔다. 난 이 사실을 선뜻 받아들일 수가 없었다.

내가 봤던 모습을 곰곰이 떠올리며 코와 얼굴 접합제가 뜯어진 플로라의 얼굴을 스케치해보았다. 하지만 가엾은 여자를 그런 식으로 묘사한다는 게 어려웠다. 그러니까 내 말은 마음이 아팠다는 얘기다. 난 두 명의 린

171

던 토박이 아이를 머릿속에 그려보았다.

그들의 엄마가 부유한 집 마루나 박박 문지르는 가정부로 일하거나, 아니면 이미 고인이 된 가운데 두 자매만 남아 단둘이 가장 비참한 가난 속에서 살아가는 모습 말이다. 또는 엄마가 고인이 되지는 않았을지라도 집에 돌아와 작은애의 얼굴이 쥐한테 물어뜯긴 것을 보고는 큰애를 두들겨 패고 더는 사랑하지 않았을 수도 있다. 또는 얼굴이 망가진 작은애한테마저 등 돌렸을 수도 있다. 엄마가 있든 없든, 그렇게 망가진 모습으로 자란다면 누구든 커서 제정신으로 살아갈 리 만무했다.

몸서리를 치는 와중에 어느새 나는 동정심이나 논리를 초월해 이해심의 관점에서 플로라를 꽃으로 그리고 있었다.

나는 그녀에게 삼색메꽃의 입을 선사했고, 장미꽃 봉오리를 뒤집어 만든 코를 선사했고, 양귀비로 된 눈을 선사했으며, 실같이 가느다란 야생의 아스파라거스 엽상체로 만든 머리카락을 선사했다. 다 그린 그녀는 꽤 기묘한 꽃다발 모양이었다.

맙소사, 어느새 난 다시 문제의 원점으로 돌아와 있었다.

거꾸로 꽂혀 있어 '사랑의 반대' 즉, '증오'를 의미하는 장미꽃을 제외하고, 내가 그린 꽃은 하나같이 왓슨 부인의 거실에서 본 꽃다발 속에 들어 있던 꽃들이었다.

아울러 나는 아스파라거스를 제외한 모든 꽃의 의미를 알고 있었다. 도대체 아스파라거스의 의미는 무엇일까?

게다가 왜 플로라는 온실에서 그렇게나 많은 아스파라거스를 키웠을까?

꽃다발을 만들기 위해서? 그 정도면 꽃다발을 수천 개는 만들 수 있는 양이었다. 그렇다면 혹시 식용으로 기른 걸까? 그 정도면 홀리웰 가 전역에 내다 팔 수 있는 양일 텐데, 그처럼 길고 뾰족한 줄기들을 식용으로 쓰기 위해 절단한 흔적은 보이지 않았다…….

아, 스피어스Spears(일부 식물의 길고 뾰족한 '줄기'나 물고기를 찌르는 '작살' 혹은 '창'을 뜻하는 단어-역주).

문득 '창Spear'이 바로 실마리일지도 모른다는 생각이 들었다. 창, 찌르는 무기, 즉 증오나 죽음의 무기 말이다. 음, 식물의 이름 자체는 어떤 면에서는 감정을 담고 있었다. a-spear-a-gus…….

거스의 창Spear of Gus.

나는 외마디 소리를 지르며 자세를 고쳐 앉았다. 그 바람에 종이가 좌우로 흐트러지긴 했지만, 마치 눈부신 전기 탐조등이 비치듯 모든 게 선명해지고 이해되었다. 이제 그동안 종잡을 수 없던 일들은 사라지고, 해야 할 일들만 또렷이 보였다.

173

16장

난 굳이 셜록 오빠에게 편지를 써서 내 자유를 위태롭게 할 필요가 없을 것이다.

그 대신, 흥분에 들떠 새로운 종이 한 장을 집어 든 나는 또 다른 종류의 소통을 위한 메시지를 적기 시작했다.

그러고는 몇 분 후 아래와 같은 메시지를 완성했다.

5453411155 43535343 315323435155
3211543132 114455231533 114413 125334 3334
134214513444112354. E.H.

나는 이 메시지에 조금도 주저함 없이 허세를 부려가며 내 이니셜로 서명했다. 아마도 나는 콧소리뿐 아니라 다른 면에서도 셜록 오빠를 닮은 듯하다. 즉, 오빠처럼 나도 약간의 극적인 요소가 필요한 듯했다.

아울러 깜짝 놀라게 할 요소도. 고로 난 독자에게도 지금은 위 메시지의 의미를 알려주지 않으려 한다. 물론 난 독자가 이 메시지를 해독할 수 있다고 확신하지만, 그 설명을 풀어나갈 몇 페이지 동안은 좀 참아주었으면 한다.

나는 내 암호의 최종본을 잉크로 찍고, 오려내고, 접고, 봉투에 넣어 왁스로 봉인한 후 어떻게 하면 이것을 가급적 빨리 『펠 멜 가제트』지에 전달해 내일 자 조간신문에 나오게 할 수 있을지 궁리했다. 이 중요한 심부름을 길거리 부랑아에게 맡길 순 없는 노릇이었다. 그렇다고 전문 배달원이나 면허를 가진 대리인에게 시키자니 그것도 심문을 받거나 역추적당할 위험이 있어 내키지 않았다. 결국 난 평소처럼 혼자라는 걸 깨닫고 스스로 준비하기 위해 일어섰다.

우선 연필과 '흔치 않은 피부 연화제'를 골고루 섞어 회반죽을 만들었다. 그다음 그 끈적거리는 회반죽을 얼굴에 발랐다. 아침엔 대번에 눈에 띌 것이고 적어도 어둠이 깔린 후엔 좀 덜하길 바라며…… 이윽고 해 질 녘이 되자 난 빛바랜 검은 드레스와 숄을 걸치고, 가발과 베일이 달린 거대한 챙 모자를 쓴 후, 플리트 스트리트로 향했다.

모든 일이 순탄했다. 날 거의 쳐다보지도 않던 무관심한 야간 근무 직원 하나가 바로 인쇄기로 보내겠다고 약속하며 내게서 돈과 메시지를 받아들었다.

잘됐어! 하지만 지금 다시 숙소로 돌아가 현숙한 아가씨처럼 저녁을 달래서 먹고는 잠을 잘 준비를 한다고 해도 잠이 올 것 같지는 않았다. 왓슨 박사에 대한 들뜬 마음과 걱정으로 아직 흥분이 가시지 않은 상태였기 때문이다. 내가 추론한 곳에 박사가 있다면 박사는 하룻밤만 더 견디면 될 것이고, 그러면 이후 모든 게 다 잘될 것이다. 나는 아무리 생각해도 같은 결론으로 이어지는 내 추론을 점검했다. 하지만 그러면서도 나 자신의 정신적 능력에 대해선 아직 확신이 서지 않았다. 혹 내가 무언가를 간과하고 있다면 어쩌지? 내가 틀렸다면 어쩌지? 난 바보 같은 실수투성이 소녀에 불과하니 그냥 위대한 탐정 셜록 홈즈에게 곧장 달려가 나 대신 모든 걸 처리해달라고 부탁하는 게 어떨까?

난 그저 방에 돌아가 얌전히 기다릴 수만은 없었다. 그 대신 코르셋 안쪽에 넣어둔 단도가 든든하기도 하고, 어둠 속에서 잘 눈에 띄지도 않을 거란 생각이 들어 '촘촘히 붙은 다세대 주택의 작고 끔찍한 미로' 속으로 다시 들어갔다. 이곳은 저가 주간지 《페니 일러스트레이티드 페이퍼Penny Illustrated Paper》에서나 언급될 '빛과 공기는 차단되고, 먼지와 질병 그리고 범죄가 끊이지 않는…… 숨 막힐 듯 답답한 공간과 길, 뜰, 통로에 틀어박힌 가난에 찌든 빈민들이 사는 곳'이었다. 다시 말해서 나는 홀리웰 가 뒤쪽의 가난한 주민들에게로 다시 돌아간 것이다. 아침나절 긴 앞치마만 두른 한 소녀가 추위로 맨발이 시퍼레진 채 웅크리고 있던 바로 그곳.

이런 늦은 밤이 되면 거리는 반쯤 술 취한 남녀와 행상에서 값싼 조개류나 생강 맥주 또는 단것을 파는 노점상들로 즐비했다. 또 블록마다 색조 화장을 하고 뭔가를 파는 여성들과 스스로 예능인을 자처하는 걸인들도 눈에 띄었다. 웬 꾀죄죄한 한 남자가 자기 손 위에 훈련된 쥐를 올려놓고서 쥐가 뒷다리로 서게 하고 있었다. 나는 그걸 보려고 멈춰 섰다. 남자는 하얀 손수건과 쥐를 능숙하게 다루며 쥐가 차례로 토가(고대 로마 시민이 입던 헐렁한 겉옷-역주)를 입은 로마 상원의원, 장백의(사제가 입는 흰 천으로 된 긴 옷-역주)를 입은 영국 성공회교도, 흰 가발을 쓴 (영국의 상위 법원에서 변론할 수 있는) 변호사의 모습을 보여주도록 연출했다. 또 두 번째 손수건을 더해 법정에 출석한 여성의 모습을 보여주도록 연출하기도 했다. 그는 돈을 걷으려고 모자를 벗는 자신을 피해 웃으면서 연기처럼 흩어지는 군중을 붙잡아두느라 애를 먹고 있었다. 난 그에게 한 푼을 건넨 유일한 사람이었다. 이후 그 자리를 떠나서 난 버려진 아이들, 이를테면 술독에 빠져 사는 부모들에게 철저히 버림받은 아이들을 찾아 길을 나섰다.

그러고 보니 런던의 가난한 사람들을 보살핀 지도 꽤 오래된 것 같았다. 며칠 정도가 아니라 몇 주나 지난 듯했다.

누더기를 걸친 아이들이 아치 길(아치 형태의 지붕이 덮인 길-역주) 아래에 강아지처럼 웅크리고 있는 모습이 눈에 들어왔다. 아이들에게 줄 음식이 부족한 탓에 난 각각 1실링만 전해주고는 달아나듯 그곳을 빠져나왔다. 혹여나 아이들이 더 달라고 달려드는 날엔 거리에 있는 모든 부랑자가 몰려들 게 뻔했기 때문이다. 그나마 빨리 자리를 떴기에 망정이지 그러지 않았다면, 난 그들에게 떼거리 공격을 받아 지갑까지 몽땅 빼앗겼을 것이다.

그렇게 내 선행은 밤새도록 계속되었다. 그러고는 결국 내가 가장 찾고 싶었던 소녀, 긴 앞치마만 두른 채 떨고 있던 그 소녀를 전에 보았던 바로 그 장소에서 찾을 수 있었다. 나는 그녀를 중고 옷 상점으로 데려가 옷과 양말과 스타킹을 입히고, 먹을 것을 사 먹으라고 돈을 쥐여주었다. 당황한 소녀는 경계한 채 고맙다는 인사말도 하지 않았지만, 나 역시 그런 인사치레는 전혀 기대하지 않은 바였다. 몸은 피곤했지만 이 선행으로 난 이미 축복과 내면의 평화를 얻었기 때문이다. 동이 트기 몇 시간 전이 돼서야 마침내 난 숙소로 돌아왔고, 거우 잠잘 준비를 마쳤다.

아니면 그저 그러기를 바랐다. 그렇게 잠깐 졸았을까? 햇빛 때문에 확 잠이 달아난 나는 자리에서 벌떡 일어나 만일의 사태에 대비하기 위해 세심하게 옷을 챙겨 입었다. 돈, 단도, 붕대, 비스킷, 반짇고리, 연필과 종이, 현관 열쇠, 후자극제(특히 과거 병에 넣어 보관하다가 의식을 잃은 사람의 코 밑에 대어 정신이 들게 하는 데 쓰던 화학 물질-역주)는 물론, 머리 스카프, 가슴 보정기, 여분의 스타킹, 깨끗한 손수건, 장갑, 그리고 돈을 준비했다. 아울러 다시는 깜박하지 않기를 바라면서 지갑에 사탕도 좀 챙겨 넣었다. 다만 이렇게 차분하고 능률적이 되려고 갖은 애를 쓰는데도, 그 잡일하는 소녀가 가져다준 아침에는 거의 손도 못 댈 정도로 초조하기 이를 데 없었다.

거기다 아직 이른 시간인데도 길 건너편 왓슨 저택이 보이는 창문 가까이엔 미처 앉지도 못한 채 초조하게 서성이고 있었다.

나는 왓슨 저택의 하녀가 비눗물 한 양동이를 들고 나와 무릎을 꿇고선 돌계단을 문질러대는 걸 매일 아침 지켜봤다.

시간이 좀 걸릴 듯했다. 나는 어쩔 수 없이 한숨을 내쉬며 창가에 앉았다. 그러고는 손가락 끝을 창턱에다 대고 마치 피아노를 치듯 '상상의 멜로디'를 연주했다. 아니면 '상상의 부조화'라고나 할까? 사실 난 살면서 한 번도 피아노 레슨을 받아본 적이 없었기 때문이다.

우유 짜는 여자(과거 농장에서 소젖을 짜고 버터와 치즈 만드는 일을 하던 여자-역주)가 평소처럼 지나갔지만, 평소와는 달리 당나귀를 끌고 가고 있었다. 틀림없이 신선하고 따뜻한 당나귀의 우유가 필요할 정도로 거리에 사는 누군가가 몸져누운 듯했다. 나는 마치 그렇게 긴 귀를 지닌 동물은 태어나서 처음 본 것마냥 그 작은 생명체를 뚫어져라 바라봤다.

우유 짜는 여자와 당나귀가 시야에서 사라진 후에도 난 손가락 끝으로 창턱을 두드리며 상상의 연주를 계속해나갔다.

왓슨 저택의 하녀가 계단 닦기를 마치고서 한참이 지난 뒤 다시 나와 창유리들을 자세히 들여다보는 모습이 보였다.

얼음 장수의 마차가 거리 모퉁이를 돌아 터덜터덜 들어오는 모습도 보였다. 그 마차를 끄는 말은 비록 늙긴 했지만 주인이 배달하는 동안 각 집에 멈춰 기다릴 줄 아는 똑똑한 말이었다. 그 말이 끄는 마차가 거리를 통과하는 한참 동안, 난 말의 색깔을 포함한 모든 세부 사항을 주의 깊게 관찰했다. 오늘은 '회색'이나 '암갈색' 정도로 분류하는 데 만족하지 않고, 털 색깔이 두 가지 이상 섞인 말이라고 자세히 분류해놨다.

얼음 장수와 그의 회색빛 말도 시야에서 사라졌다. 나는 손가락을 두드리는 것에도 싫증이 난 채 가만히 앉아 있었다. 열성적인 기대감이 사라진 지는 이미 오래고, 이젠 기다림 자체가 심한 고역같이 느껴지는 상태였다. 하지만 그래도 기다렸다.

기다리고 또 기다렸다.

그런데 사실 이미 거리 북쪽에서부터 4인승 사륜마차가 덜컹거리며 들어오고 있었고, 으레 이륜마차가 올 걸로 기대하던 나는 이 마차를 전혀 인식하지 못하고 있었다. 어처구니없게도 덮개가 내려진 그 마차가 시야에 가까이 들어온 후에야 알아차린 것이다. 그 마차는 간호사를 동반하고 바람이라도 쐬러 나온 노부인을 태웠을 법한 모양새의 마차였다. 그리고 마침내 마차에 탄 승객들이 하나, 둘 보이기 시작했다…….

'와!' 그 순간 난 벌떡 일어나 기쁨의 환호성을 내질렀다. 하지만 행여나 오빠가 듣기라도 할까봐 얼른 두 손으로 내 입을 틀어막았다.

181

아니, 놀랍게도, 그건 셜록 오빠가 아니었다.

볼록한 실크 조끼 차림에 실크 모자와 단안경(한쪽 눈에만 대고 보는, 렌즈가 하나뿐인 안경-역주)을 쓰고 묵직한 회중시계 줄을 단 사람은 분명 또 한 명의 내 오빠인 마이크로프트였다!

날 찾느라 전혀 수고하지 않은 사람, 그저 왕좌에 앉은 왕마냥 명령만 내리던 마이크로프트 오빠였다. 오빠는 평소 자신의 영향권인 집, 사무실, 디오게네스 클럽(Diogenes Club, 〈셜록 홈즈 시리즈〉에서 마이크로프트 홈즈가 사치를 멀리하고 검소하게 생활하며 사회의 법과 관습에 매이지 않고 자신의 명령만 따르며 단순한 생활을 하던 그리스 철학자 이름을 따 창립한 클럽으로, 사람 만나는 일을 싫어하고 자기만의 시간을 갖기 원하는 사람들끼리의 모임-역주) 외에는 아무것도 신경 쓰지 않는 사람이었다.

아니면 그런 모습은 그저 이전까지의 내 추측이었는지도 모르겠다.

완전히 잘못된 추측 말이다. 명백히 마이크로프트 오빠는 날 찾고자 했다. 내 큰오빠, 마이크로프트는 엄마와 내가 사용한 꽃의 코드를 완전히 익히는 데 셜록 오빠보다 앞서 있었다.

그리고 날 유인할 만한 게 뭔지를 알아채는 데도 위험천만할 정도로 앞서 있었다. 『펠 멜 가제트』지에 'IVY DESIRE MISTLETOE WHERE WHEN LOVE YOUR CHRYSANTHEMUM(아이비. 바람. 겨우살이. 어디서. 언제. 사랑. 당신의 국화.)'이라고 암호를 실은 사람도 마이크로프트 오빠였던 게 분명하기 때문이다.

"5453411155 43535343 315323435155 3211543132 114455231533 114413 125334 3334 13421414513444112354. E.H."라고 쓴 내 메시지에 행동으로 화답해준 게 바로 그 결정적 증거다.

그리고 친애하는 독자에게 말하건대, 만일 아직 이 메시지를 해독하지 못했다면, 알파벳을 각 다섯 글자씩 다섯 줄로 배열해보기 바란다. 암호에서 첫 번째 두 숫자는 네 번째 줄의 다섯 번째 글자인 T. 그리고 그다음 두 숫자는 세 번째 줄의 다섯 번째 글자인 O를 나타낸다. 연이어서 그다음 숫자는 첫 줄의 네 번째 글자인 D, 그다음 숫자는 첫 줄의 첫 번째 글자인 A, 그리고 그다음 숫자는 다섯 번째 줄의 다섯 번째 글자인 Y를 나타낸다.

ABCDE
FGHIJ
KLMNO
PQRST
UVWXYZ

"TODAY(오늘)."

전체적인 뜻을 말해보면 "오늘 정오에 콜니 해치 정신 병원에 가서 카퍼솔트 씨를 찾아오라(TODAY NOON COLNEY HATCH ASYLUM ASK FOR MR KIPPERSALT)." 가 된다.

그리고 난 날인으로 'E. H.'를 썼다.

내가 보낸 이 메시지를 마이크로프트 오빠는 오늘 아침 『펠 멜 가제트』지의 조간신문에서 읽었으며, 아무리 당혹스러웠을지라도 이것이 곧 그로선 일종의 거절할 수 없는 소환장이 되어버린 것이다.

마이크로프트 오빠가 콜니 해치 정신병원에 도착해 '키퍼솔트'를 호출했을 때, 어떤 기막힌 광경이 펼쳐졌을 지는 불 보듯 눈에 훤했다. 또 비록 눈으로 직접 확인하진 못했지만, 내 오빠들 중 하나인, 진정한 상류층인 데다 사람들에게 이래라저래라 하는 데 익숙한 오만한 마이크로프트 오빠가 자신의 역할을 제대로 수행해낸 게 틀림없었다. 마이크로프트 오빠가 '키퍼솔트 씨'를 풀어주는 데 성공한 것이다. 그러니까 4인승 사륜마차가 왓슨 박사의 저택에 도착했을 때 마차 안쪽에 앉아 있던 다른 한 사람은 바로…… '맙소사. 내가 맞았어!' 바로 왓슨 박사였다.

최근에 겪은 시련을 생각하면 당연한 노릇이지만, 친절한 의사 왓슨 박사는 평소처럼 쾌활해 보이지는 않아도 멀쩡히 살아 있었다.

또 만면에 미소 띤 얼굴을 하고 있었다.

이 모습을 뚫어져라 바라보고 있던 내게 그 뒤 이어지는 장면은 더할 나위 없이 만족스러웠다.

집으로 다가오는 마차에 탄 사람을 보고 깜짝 놀라 소리치는 하인의 목소리를 듣고 경계하던 왓슨 부인이 현관문을 박차고 날듯이 계단을 뛰어 내려왔다. 왓슨 박사가 사륜마차에서 다소 비틀거리며 모습을 드러냈을 때, 그의 아내는 길에서 그를 와락 껴안았다.

이어 더 좋은 광경이 펼쳐졌다. 속도위반에 걸릴 만큼 전속력으로 달리던 이륜마차가 다가와 덜커덕 멈추더니 그 마차 안에서 큰 키에 채찍처럼 바짝 마른 남자 하나가 나와 옛 친구와 다시금 악수하는 장면이 연출된 것이다. 난 이보다 더 행복한 셜록 오빠의 모습을 본 적이 없다.

비록 나설 수 없는 이 상황에 마음은 아팠지만, 뭔가 익숙한 달콤 씁싸름한 느낌으로, 또한 먼발치에서 바라보며 가족애에 흠뻑 젖은 기분으로 난 활짝 웃고 있었다. 그러면서 그들이 안으로 들어갈 때까지, 또 마차들이 전부 사라질 때까지, 그리고 극적인 순간이 모두 끝날 때까지 난 그 장면을 끝까지 지켜보았다.

그러고 나서, 여전히 웃고 있었지만 길게 한숨을 내쉬

고 난 뒤 나는 가방을 싸기 시작했다. 더 초라하긴 하지만 더 멀고 안전한 터퍼 부인의 집, 내 방으로 돌아가야 했기 때문이다.

17장

『펠 멜 가제트』지의 다음 호 인사 광고란에서 나는 아래의 내용을 발견했다.

E.H.에게: 당신의 공입니다. S.H.와 M.H.에게 정중히 감사드립니다.

세상에나? 이 얼마나 놀랍고, 흐뭇한 일인가!

터퍼 부인의 낡은 방에서 실내복을 입은 편안한 차림으로 무릎 방석에 발을 올려놓은 채 나는 이 메시지를 다시 한 번 읽었다. 'E.H.에게: 당신의 공입니다. S.H.와 M.H.에게 정중히 감사드립니다.'

전혀 예기치 못한 인정을 즐기다 보니 얼굴이 우스꽝스러워 보일 성노도 바보같이 히죽히죽 웃고 있었나.

아스파라거스의 의미를 이해하고 간단히 실타래를 푼 주체가 나라는 사실을 알아차리다니, 역시 오빠들은 대단한 사람들이다.

거스의 창A spear of Gus.

'거스'는 아우구스투스의 줄임말이다. 즉, 아우구스투스 키퍼솔트를 가리키는 말이다. 사실 처음 자치구 기록 장부에서 아우구스투스 키퍼솔트란 이름을 찾았을 때, 난 그 이름을 일축해버렸었다. 최근 정신병원에 보내진 그가 설마 내가 찾던 키퍼솔트일 리는 없다고 여긴 것이다.

어떤 의미에서 내 생각은 옳았다. 내가 찾던 키퍼솔트는 더 이상 존재하지 않았기 때문이다.

하지만 페르텔로트의 남편이 바로 아우구스투스 키퍼솔트였다.

아울러 두 자매를 피해 달아나다 엄청난 양의 아스파라거스 한가운데 떨어졌던 내 흥미진진한 경험과 심지어 더 흥미진진했던 아스파라거스에 대한 내 통찰력 덕분에 난 키퍼솔트가 정신병원에 입원하지 않았다는 사실을 깨달았다. 사실 난 그가 꽤 큰 온실 상자에 '묻혔다'는 데 내 코를 걸 정도로 강한 확신을 가지고 있었다. 그런 연유로 내가 좋아하는 페르텔로트에겐 다소 유감이지만, 스코틀랜드 야드의 레스트레이드 조사관에게 이런 내 의혹에 대해 자세히 설명하면서 이 문제를 좀 조사해줬으면 좋겠다는 익명의 편지를 보냈다.

아우구스투스 키퍼솔트의 살인 자체가 감춰져온 터라 그에 대한 어떤 사망 증명서도 제출된 적이 없었기 때문이다.

다시 말해서 키퍼솔트는 아직 법적으로 살아 있는 자였기에 그를 정신병자로 분류하는 게 가능했던 것이다. 나는 플로라가 어떻게 서류를 위조했는지 잘 알지 못하며, 앞으로도 전혀 알 수 없을지 모른다. 또 그녀가 남자로 위장했을 수도 있지만, 어쨌든 어떻게 그녀가 왓슨 박사를 그의 클럽에서 끌어냈는지, 또 어떤 구실로 '시체 도둑'과 작당해 왓슨 박사를 정신병원에 집어넣었는지 잘 알지 못한다. 하지만 애초에 그녀의 동기가 복수였다는 점만큼은 명확했다.

"날 감금시킨 곳에 이번엔 반대로 그를 잡아넣었지. 그자에겐 거기가 딱이야." 내가 창문 바깥에서 엿듣는 동안 그녀는 이런 말, 혹은 이 비슷한 말을 그녀의 언니에게 했었다.

문득 왓슨 박사가 콜니 해치 정신병원에 일정 기간 감금돼 있었던 게 오히려 그에겐 다행이었을지도 모르겠다는 생각이 들었다. 물론 왓슨 박사가 정신병원에 있었던 길지 않은 일주일 동안 어떤 피해도 입지 않았기를 바라지만 말이다.

내가 얼굴을 베인 것도 운이 좋았던 것 같다. 그 때문에 너무 빨리 행동하지 않을 수 있었고, 그 결과 내가 드러나지 않았기 때문이다.

왓슨 박사는 거의 2주일이 지난 후에야 의사 업무를 재개했고, 사랑스러운 에버소우 양은 안부 인사차 마음씨 고운 왓슨 부인을 다시 한 번 방문했다.

거의 치유된 내 얼굴은 '흔치 않은 피부 연화제'로 은은히 가리고, 관자놀이에는 이번에도 점을 붙였다. 또 구제 불능 엉망인 머리엔 맵시 있는 두건으로 치장한 가발을 뒤집어쓰고, 가발 앞쪽엔 신상 모자를 핀으로 고정시켰다. 미나리아재비(작은 컵 모양의 노란색 꽃이 피는 야생식물-역주)나 생크림 케이크의 데코레이션마냥 레이스로 묶어 치장한 차림새는 대단히 훌륭하진 않더라도 아마 꽤 매력적으로 보였을 것이다.

나는 프림로즈(앵초과의 야생화. 연한 노란색의 꽃이 핌-역주), 사과꽃, 목서초로 만든 꽃다발을 들고 방문했다. 프림로즈는 앞으로 다가올 행복을 위해서, 사과꽃은 건강을 위해서, 그리고 목서초는 바라건대 내가 그녀를 매우 높이 평가한다는 것을 메리 왓슨이 알아주었으면 해서 가져갔다. 사실 목서초는 겸손한 듯 자신을 드러내지 않는 자그마한 꽃이지만, 세상에서 가장 달콤한 향기를 발산하는 꽃이다. 그만큼 이 꽃은 대단히 겸손한 이면에 못지않게 놀라운 가치를 지닌 사람에게 주는 선물이다.

내가 다시 한 번 왓슨 부인 댁의 잘 닦인 문간에 서서 '비올라 에버소우 양'이라고 적힌 명함을 하녀에게 전달했을 때, 나는 부인이 날 다시 만나줄 것을 믿어 의심치 않았다. 하지만 이번에도 그녀가 내게 비밀을 털어놓을지는 자못 궁금했다.

이번 방문의 목적은 알다시피 그저 내 호기심을 채우는 것이었다. 그 이상은 아니었다.

하지만 알고 보니 훨씬 더 많은 것들이 날 기다리고 있었다.

"에버소우 양, 에버소우 양!" 마치 목서초 가지처럼 소박한 모습의 왓슨 부인이 부드러운 회색 실내복 차림으로 두 손을 벌리며 내게 달려왔다. "정말 사려 깊으시네요. 다시 와주셔서 정말 감사해요! 오, 너무나 사랑스러운 꽃들이네요!" 그녀는 하녀에게 꽃들을 건네주기 전에 그 향기 속으로 얼굴을 묻었다. "정말이지, 에버소우 양은 매우 친절하세요."

"무슨 말씀을요, 오히려 부인이 그런 대접을 받을 만한 분이신걸요."

"세상을 다 가진 듯해요. 정말 이보다 더 행복할 순 없을 것 같아요. 존이 무사히 돌아온 건 당연히 알고 계시겠죠?"

"예, 들었어요. 정말 다행이에요. 물론 부인만큼 안도한 사람도 없겠지만요."

"오! 존을 봤을 때 전 너무 기뻐서 거의 기절할 뻔했어요. 앉으세요! 하녀에게 다과 좀 내오라고 할게요." 부인은 말을 아끼는 모습이었지만 난 아직까지 걱정할 필요는 없다고 여겼다. 내게 다 털어놓고 싶어 하는 온갖 징후가 벌써부터 보였기 때문이다. 나는 그저 차를 홀짝이며 레몬 와퍼를 야금야금 먹을 즈음 해서 경찰이 그녀 남편의 무사 귀환에 대해 어떤 역할을 했는지 물어보기만 하면 됐다.

"아뇨. 경찰은 이번 사건에서 완전 갈팡질팡했다고 자인하고 있어요."

"그럼 셜록 홈즈 씨는요?"

"홈즈 씨조차 여전히 혼란스러워하고 있어요. 우리는 그 악당이 누구였는지 모르거든요…… 그러니까 존이 전혀 알지 못하는 어떤 사람이 그의 클럽에 와서는 셜록 홈즈 씨가 어떤 미묘한 사안으로 아주 급히 도움을 청한다고 말했다고 해요. 그 심부름꾼이 존에게 의료인처럼 보이지 않도록 카드와 검은 가방 등을 두고 가라고 했을 때, 존은 약간 수상쩍은 느낌이 들었대요. 심부름꾼의 모습 자체가 기묘하기도 하고, 얼굴에도 뭔가 이상한 점이 있었다나 봐요. 그럼에도 그의 말이 그럴듯해 보이기도 하고, 사실 홈즈 씨도 종종 기괴한 모험에 존을 끌어들였던 터라 마치 도축장에 끌려가는 새끼 양마냥 그를 따라나섰던 거죠. 그리고 그렇게 그 사기꾼 심부름꾼을 따라 골목 어귀를 돌자마자 웬 검은 마차에서 순경과 어떤 신사 하나가 불쑥 뛰어내려 존을 붙잡았던 거고요. 당연히 존은 그들에게 맞서 저항했고요. '뭐 하는 거요? 난 지체할 수 없소. 셜록 홈즈 씨를 만나러 가는 길이라고!' 하고 말이죠. 그러자 그 기묘한 얼굴을 한 작자가 경관에게 '어떻게 된 건지 아시죠?'라고 말했고, 경관은 마치 기다렸다는 듯이 '네, 그럼요. 전형적인 집착증 환자군요. 자, 갑시다, 키퍼솔트 씨.'라고 말했다는 거예요."

"키퍼솔트요?" 난 마치 그 일에 대해 전혀 모르는 사람처럼 연기하며 말했다. "최근 뉴스에서 못 들어본 이름 같은데요?"

"네, 그러니까 살해돼서 온실에 묻힌 남자 이름 같아요."

"그와 어떤 연관이 있을까요, 궁금하네요."

"홈즈 씨는 연관이 있다고 생각하고 조사하고 있어요. 어쨌든 이 검은 마차에 탄 사람들은 존의 이름이 키퍼솔트라고 생각했고, 존은 그들에게 말했죠. '당신들은 정말 오해하고 있소. 내 이름은 왓슨이요! 존 왓슨 박사!' 하지만 그들은 계속해서 존을 붙잡으며 말했대요. '자, 키퍼솔트 씨, 이제 그 용히 따라오세요.' 그리고는 존이

193

계속 자신의 주장을 굽히지 않자 그 마차에서 간호사 한 명이 나오더니 '제발, 진정해요, 키퍼솔트 씨.'라고 말했는데 그 뒤 뭔가 주사기로 찌르는 느낌이 들었대요. 다음 순간 존은 깨달았대요. 자신이 정신병원에 갇혀 있고, 아무도 자신의 말에 귀 기울이지 않는다는 걸요. 그렇게 누군가의 조작으로 만들어진 오해가 멀쩡한 사람을 정신 나간 사람으로 내몰았던 거죠."

"참 영리하네요." 플로라가 키퍼솔트의 이름과 왓슨의 명성을 결합해 이를 어떻게 왓슨의 몰락에 이용했는지 이제야 깨닫고서 나도 모르게 중얼거린 말이었다. 순간 얼른 말을 고쳤다. "정말 끔찍한 일이네요."

"끔찍하죠, 정말!"

내가 준 꽃들을 녹색 유리 꽃병에 그럴듯하게 담은 하녀가 그 꽃병을 거실 안으로 들고 와서는 작은 피아노 위에 놓았다. 목서초의 향기가 작은 거실을 가득 메웠다.

하녀가 거실에서 나간 후 내가 물었다. "법을 우롱한 이 사악한 납치사건을 누가 사주했는지 아세요?"

"아직 말할 순 없지만, 존은 자신이 돌봤을지도 모를 어떤 정신 나간 자의 앙갚음이었다고 생각하고 있어요. 그래서 진료 사이사이에 시간을 내서 단서를 찾아 의료 기록을 검토하고 있죠."

"그럼 누가 왓슨 박사를 찾았나요? 셜록 홈즈 씨였나요?"

"아니요!"

그렇다면 당연히 왓슨 부인은 마이크로프트 홈즈가 자기 남편을 구한 것으로 여길 거라 생각했다.

하지만 대신에 그녀는 이렇게 말했다. "존을 구한 사람의 신원은 아마도 이 전체 사건 중 가장 주목할 만한 부분일 거예요. 그게 실은……." 처음으로 왓슨 부인은 망설였고, 난 그녀를 채근하지 않았다. 신분을 위장하고 있는 나로선 좀 찔리는 부분도 없지 않아 있었기 때문이다. 하지만 왓슨 부인은 내 쪽으로 몸을 기울이며 약간 찡그린 얼굴로 턱을 내밀면서 말했다. "당신에게 말한다고 무슨 큰일이 벌어지진 않겠죠, 에버소우 양. 에놀라 홈즈 양이 제 남편을 돌려주는 데 중요한 역할을 한 것 같아요."

"에놀라 홈즈 양이라고요?"

"셜록 홈즈 씨의 여동생이요."

"여동생이요? 여동생이 있다는 말은 처음 듣네요." 내 비상한 관심이 드러나지 않도록 나는 목소리 톤에 주의하면서 대답했다. 왜냐하면 그 순간 왓슨 부인이 폭로하려던 내용이 바로 내가 원하던 내용인 게 분명했기 때문이다.

"이건 널리 알려진 사실은 아니에요," 부인이 말했다. "왜냐하면 그 소녀는 가족에겐 매우 근심거리거든요. 그러니까 완전 제멋대로에 사내아이 같고, 정말이지 어느 정도냐면…… 음, 그녀의 오빠들은 동생이 어디 있는지도 정확히 알지 못한다나 봐요."

"네?"

왓슨 부인은 그 후로도 한참 동안 말을 이어나갔다. 내가 런던에 숨어 지내게 된 경위에 대해 왓슨 부인이 늘어놓은 이야기는 여기서 생략하도록 하겠다. 다만 부인의 이야기 중 개인적으로 중요하게 여긴 점이 있다면, 그것은 오빠들이 나에 대해 알 거라고 내가 짐작한 내용과 부인의 설명이 일치했다는 점이다! 물론 엄청 중요한 예외가 하나 있긴 했다. 내가 아래와 같이 은근슬쩍 드러낸 사실 말이다.

"그 특별한 소녀를 만나본 적은 없으셨나요?" 내가 물었다.

"아뇨! 우리는 그녀가 어떻게 그리고 왜 이 일에 관여하게 되었는지 몰라요."

"그녀의 존재를 최근에야 알게 되셨나요?"

"음…… 남편이 제게 비밀을 털어놨어요. 어느 순간 친구의 감정 상태가 너무 걱정되어 라고스틴 박사와 연락을 취했었다고요."

"라고스틴 박사요?" 나는 적절히 장단 맞추며 아무것도 모르는 척 그녀의 말을 따라했다.

"이른바 사이언티픽 퍼디토리언이죠." 자애로운 목소리의 그녀가 자신이 할 수 있는 최대한의 경멸을 드러내며 말했다.

"그는 사기꾼이에요. 존은 이제 그렇게 생각해요."

"남편분이 라고스틴 박사에게서 아무 얘기도 듣지 못했나요?"

"존은 그 박사를 본 적도 없어요. 젊은 여자 비서와 연락한 거죠."

"혹 제 친구인 마조리 피바디일지도 모르겠네요." 나는 우물쭈물 중얼거렸다.

"농업의 쇠퇴가 오래된 지주 집안에 얼마나 큰 피해를 주었는지 아시잖아요. 마조리도 박사 같은 사람 밑에서 일할 수밖에 없었던 거죠. 혹시 라고스틴 박사의 비서 이름을 아시나요?"

"안타깝지만 잘 몰라요. 그녀에 대해선 전혀 몰라요."

"어떻게 생겼는지도요? 혹 금발에 통통한 체형인가요?"

"글쎄요, 아는 게 없어서요. 남편은 그녀에 대해 말한 적이 거의 없어요. 아마 별로 신경 쓰지 않은 듯해요."

왓슨 부인이 마치 구원의 말처럼 날 속 시원하게 해주는 이야기, 즉 에놀라 홈즈를 둘러싼 미스터리와 왓슨 박사를 구하는 일에서 에놀라가 해낸 역할을 계속 자세히 설명히는 동안 난 그느로 꽤 의짓만 사세를 유시하기

197

를 바랐다.

이윽고 왓슨 부인이 모든 이야기를 마쳤을 때 난 자리에서 일어나 그녀를 축하해준 뒤 진심으로 행복을 바라며 따뜻하게 안아주었다.

그리고 나서 완벽한 여성의 모습 그대로 유유히 그 자리를 떠났다. 하지만 그러는 사이 내 마음은 어느새 잔뜩 먼지 묻은 얼굴로 풀쩍 뛰어오르며 꺅 소리를 지르고, 훌쩍 재주를 넘고, 우스꽝스럽게 물구나무서기를 하는 아이처럼 온통 들떠 있었다. 단순하고 선한 품성을 지닌 왓슨 박사의 귀환 만세!

나는 몇 주 전에 아래와 같은 목록을 적었다.

셜록 오빠는 내가 아이비라는 이름을 사용하는 걸 안다. 그렇다면 오빠가 왓슨 박사로부터 들어 아이비 메쉴리라는 젊은 여성이 세계 최초이자 유일한 사이언티픽 퍼디토리언을 위해 일했다는 사실을 알게 됐으리라고 추정하는 게 마땅하다.

하지만 왓슨 부인이 방금 말한 내용으로 비추어 볼 때, 오빠는 아직 모르고 있다고 추정하는 게 맞다.

그게 아니라면 혹 부인이 나를 함정에 빠뜨리기 위해 사주를 받고 이런 말을 한 걸까?

아니, 그런 것 같지는 않았다. 그건 논리적으로도 불가능했다. 왜냐하면 누구도 내가 어떤 변장으로든 방문할 것을 알거나 예상할 수 없었기 때문이다. 게다가 왓슨 부인을 직접 만나보고 깨달은 바로 그녀의 말엔 진실성이 묻어났고, 다소 둔하고 건망증 있는 남편에 대한 아내의 부드러운 관용이 담겨 있었다. 왓슨 박사의 집을 떠나면서 난 박사의 친절하지만 다소 둔한 두뇌에 진심으로 영원한 복을 빌었다. 하늘이여 왓슨 박사를 축복하소서! 박사는 메쉴리 양에 대해 전혀 신경조차 쓰지 않았다. 그녀의 이름은커녕 성도 기억하지 못했던 것이다.

사정이 그러하기에 설령 왓슨 박사가 그 똑똑한 척하는 돌팔이 라고스틴 박사를 방문한 일에 관해 셜록 홈즈에게 털어놓았다 해도, 박사는 오빠에게 아이비 메쉴리에 관한 어떤 것도 말하지 못했다.

고로 내게는 정말 잘된 일이었다.

난 다시 아이비 메쉴리가 될 수 있었다.

내 인생의 소명을 계속 추구할 수 있게 된 것이다.

(비록 옥스퍼드 거리의 근사한 보도블록 위를 걸을 때는 깡충깡충 뛰어다니는 걸 자제하고 본데 있게 자란 처자처럼 걸어야 할 테지만 말이다.)

그리고 앞으로 7년, 길지만 그럼에도 간절히 기다릴 만한 가치가 있는, 합법적으로 보호사의 의시에 따라 이리저리 보내질 필요가 없는 나이가 되면, 난 내 진짜 이름으로 그 소명을 따를 것이다.

세계 최초로 유일한 진짜 개인 상담 사이언티픽 퍼디토리언 에놀라 홈즈로서 말이다.

1889년 4월

"플로라 해리스, 또는 줄여서 해리스라고 하지. 내 보기에 그녀는 세인트 메리 르 보St. Mary-Le-Bow의 종소리가 들리는 곳에서 태어난 이른바 런던 토박이라고 해도 전혀 손색없겠더군." 위대한 탐정 셜록 홈즈가 심슨즈 인 더 스트랜드Simpson's-in-the-Strand에서 근사한 저녁 식사를 마친 후 휴식을 취하며 친구이자 동료인 왓슨에게 이야기하고 있다.

왓슨은 다소 천천히 고개를 끄덕인다. "이스트엔드 지역의 런던 토박이를 말하는 거로군."

"그렇지. 플로라 해리스와 그녀의 다섯 살 많은 언니 프랜시스 둘 다 런던 토박이였어. 플로라는 결혼한 적이 없지만 프랜시스는 신분을 잊고 분수도 모른 채 결혼했었지. 그녀와 남편은 홀리웰 가에서 샹테클레르라 불리던 상점을 차렸어. 그때부터 프랜시스는 자신을 페르텔로트라고 부르기 시작했지."

"머리 한번 잘 썼군." 잠시 후 왓슨이 맛있게 한 대 피우려고 꺼내 든 근사한 아바나산 엽궐련(담뱃잎을 썰지 아니하고 통째로 돌돌 말아서 만든 담배-역주)에 감탄을 표하며 말을 이었다. "그렇지만 좀 이상한 감은 있어."

"가족 전체가 상당히 이상했던 것 같아. 자네도 정말 당황스러웠겠지만 말이야."

"나?…… 음, 실은 지난번 풀려난 후로 지금껏 자네가 해준 얘기를 다 이해했다고는 말할 수 없네."

"언니 남편의 이름은 아우구스투스 키퍼솔트였어."

"아!" 깜짝 놀란 왓슨이 들고 있던 엽궐련을 식탁보에 떨어뜨렸지만 굳이 다시 주우려 하진 않는다.

"플로라는 언니 부부와 함께 살았지. 아무래도 그들 간에 소정의 이상한 합의가 있었던 것 같아. 아우구스투스 키퍼솔트는 결국 플로라가 신봉하는 조지 샌디즘(George Sandism, 여성 자유 운동-역주)을 구실로 그녀를 정신병원에 가뒀지."

왓슨은 그제야 상황을 파악한 듯 흥분된 모습으로 자세를 고쳐 앉는다.

"이제 기억나! 그 여자는 옷만 남자처럼 입은 게 아니었어. 주변에 해를 입히지 않도록 사회에서 격리해야 할 만큼 여러 불안한 조짐을 보였지. 두 자매 간의 건강치 못한 관계라든지, 뜻밖의 안면 손상으로 인한 동생의 편집증이라든지…….

"아, 플로라 해리스는 제정신이 아니었어. 틀림없이. 아무도 자네의 진단에 이의를 제기하진 않을 걸세, 의사 양반."

"그러니까 자네 말은 그 여자가 나를 클럽에서 데려간 남자라는 거지?" 왓슨 박사는 더욱 믿기 어려워하는 모습이었다.

"그래, 맞아. 그리고 자네에게 콜니 해치의 그 끔찍했던 한 주를 선사해준 여자이기도 하지."

홈즈는 그녀 자신도 약간 미쳤을지 모르는 페르텔로트가 남편보다 여동생을 선택했고, 여동생이 남편의 목숨을 희생시켜 정신병원에서 나온 자초지종을 설명해 나간다. 동생이 저지른 살인은 당연히 언니를 격분시켰고, 언니는 그 후 오랫동안 동생을 엄격히 통제했던 게 틀림없다. 그러나 결국 시간이 갈수록 여동생에 대한 경계심은 줄어들었고, 그 틈을 타 플로라 해리스는 그녀의 정신병원 구류 서류에 서명한 의사에 대해 복수를 계획했던 것이다.

203

"뭐야, 이게 그렇게나 간단한 사건이었어?" 셜록의 모든 설명을 들은 후 왓슨이 다시 편안한 자세로 기대앉으며 말한다.

"지금 돌이켜보면, 그 말이 맞아. 하지만 당시엔……."
매우 기묘한 표정이 그 위대한 형사의 얼굴을 스쳐 지나
간다. 마치 자신의 마음을 달래기라도 하려는 듯, 셜록
홈즈는 커터웨이 재킷(남성용 정장 재킷의 하나. 연미복처
럼 앞보다 뒤가 더 긴 무릎길이로, 보통 허리에 단추가 하나 달
려 있다-역주)의 안쪽 주머니에서 파이프와 담배 주머니
를 만지작거리며 꺼내 든다.

"당시엔," 셜록 홈즈가 낮고 불편한 듯한 목소리로 솔
직히 인정한다. "정말이지 그런 생각이 전혀 떠오르지
않았네."

"끝이 좋으면 모두 다 좋은 걸세."

"이보게, 왓슨. 자네는 선한 사람이라 날 비난하지 않
는군. 그러나 확실히 조사해야 할 부분을 간과한 것에
대해 난 스스로를 자책하고 있다네. 내 여동생이 아니었
다면 자넨 지금도 콜니 해치에 갇혀 있을 거야."

왓슨이 홈즈 여동생의 존재를 알고 있다는 걸 홈즈가
충분히 인식하고는 있었지만 — 에놀라가 수녀복을 입
고서 의사의 손길이 필요한 초주검이 된 한 여인과 함께
왓슨의 집으로 불쑥 들이닥치던 날 밤, 왓슨과 셜록 두
사람 모두 그 자리에 있었다 — 그동안 말할 기회가 충분
히 있었음에도, 위대한 탐정 홈즈가 자신의 가까운 친구

204

왓슨에게 동생에 대해 스스로 언급한 것은 이번이 처음이다. 홈즈가 이런 민감한 사안을 언급하자 이 선량한 의사는 눈도 한번 깜빡이지 않고 세심한 주의를 기울인다.

"아, 자네 여동생," 왓슨은 마치 그들 둘이서 서로 다른 종류의 엽궐련 담뱃재를 식별하는 일에 관한 홈즈의 논문을 이야기하듯 그저 일상적인 대화를 나누는 양 홈즈의 말에 장단을 맞춘다. "홈즈, 자네는 자네 여동생에 대해 어떻게 생각하나?"

심슨즈 성당의 큰 홀 안에서 위대한 형사가 초점 없는 눈으로 한곳을 응시한 채 침묵이 흐른다. 그의 의중을 읽기는 참으로 어렵다.

"내 생각엔," 마침내 그가 입을 뗀다. "그 아이가 나를 믿지 못하는 게 매우 유감인 듯해."

에놀라, 더 시크하고, 더 엉뚱하고,
더 활력 넘치는 기발한 소녀로 돌아오다!

요절복통 에놀라의 엉뚱함, 열정, 기발함의 끝은 어디일까? 〈에놀라 홈즈 시리즈〉의 막을 열면서 오빠의 총명함은 물론 '외모'까지 빼다 박은 모습으로 처음 등장한 에놀라. 1, 2권에 이어 3권에서도 그녀는 기대를 저버리지 않고 더욱더 엉뚱하고 시크하며 활력 넘치는 포복절도의 모습을 독자에게 선사할 예정이다. 굴뚝 청소부마냥 좁은 공간을 비집고 올라가기도 하고, 탐조등을 피해 지붕을 날아다니는가 하면, 온실 지붕을 뚫고 화초 더미에 떨어져 구사일생으로 살아나는 등 그야말로 파란만장한 모험의 진수를 선보이는 것.

평소에는 시크하기 짝이 없지만 착수할 일만 생기면 언제 그랬냐는 듯 순식간에 튀어나오는 이런 천방지축의 엉뚱한 모습은 '대자로 뒤집어 자기', '좁은 박스에 들어가기' 등 능청스러운 모습으로 심쿵의 탄성을 자아내던 일본의 최고 유튜브 스타 '고양이 마루'를 연상시킨

다. 어디 그뿐인가? 결정적으로 이번 이야기에서는 그녀만의 섬세한 추리력으로 자타 공인 세계 최고의 탐정인 오빠 셜록 홈즈를 소위 '닭 쫓던 개'로 만들 반전과 기발함을 유감없이 발휘한다.

이런 에놀라만의 독특한 추리력은 전편들에 이어 이번 이야기의 다음과 같은 대사에서도 살짝 엿볼 수 있다. "셜록 오빠는 총명했지만 미궁 같은 문제 해결에 몰두하느라 여성의 영역을 무시하는 실수를 계속 범했다. 이를테면, 진열장 유리를 두리번거리지 않는다든지, 아무리 구미가 당기는 화려한 옷과 보석도 지나쳐버린다든지, 거리의 사람들을 거들떠보지도 않는다든지……." 여성의 역할이 극히 제한적이던 빅토리아 시대에, 그것도 만만치 않은 홈즈 가문의 막내 여동생으로 태어난 에놀라가 오히려 그 차별을 자신만의 장점으로 승화시킨 것이다.

〈에놀라 홈즈 시리즈〉 1권의 원서를 처음 받아들 당시, 내심 역자로서 조금 조심스럽기도 했다. 그 유명한 코난 도일이 만들어낸 '셜록 홈즈'라는 불완전한 천재의 명성에 비해 에놀라가 다소 초라하게 그려질까봐서였다. 하지만 이 시리즈의 3권을 완역하고 옮긴이의 글을 쓰고 있는 지금, 그것이 내 기우였음을 고백한다. 오히려 지금은 감히 코난 도일의 천재성에 도전하며 엉뚱하

면서도 기발한 통찰력으로 셜록의 코를 납작하게 만든
에놀라를 창조해낸 '낸시 스프링어'의 기발함에 진정 어
린 '인정의 박수'를 보낸다. 전 세계적으로 2백만 부 이
상의 판매고를 기록한 베스트셀러 작가이자 수많은 상
을 휩쓴 작가의 저력이란 바로 이런 것이리라.

지킬 박사와 하이드를 방불케 하는
수수께끼 악인 자매의 등장!

이번 이야기에서는 에놀라 홈즈만큼이나 흥미롭고 독특
한 볼거리를 선사하는 악당들이 등장한다. 우선, 책의
첫머리부터 정신병원에 갇힌 채 등장하는 키퍼솔트. 그
는 정신병원 간수들과 싸우기도 하고, 원장의 눈을 멍들
게 하기도 하고, 자기는 정신병자가 아니니 내보내달라
떼쓰기도 하고, 가만히 있다가 난데없이 헛웃음을 짓기
도 하는 등 온갖 기묘한 모습으로 시선을 사로잡는다.
분명 이번 이야기 편의 중요한 실마리를 안고 있는 인물
같긴 한데 시작부터 갑자기 등장한 그가 누구인지는 좀
처럼 종잡기 어렵다. 그런데 여기엔 반전이 하나 숨어
있다(그 반전이 뭔지는 매의 눈을 가진 독자가 빠른 시간 내에
파악해낼 것을 믿어 의심치 않는다!).

두 번째 등장인물은 이런 키퍼솔트와 어딘지 관련 있

어 보이는 페르텔로트와 플로라 자매. 첫 등장부터 예사롭지 않던 샹테클레르 상점 주인 페르텔로트, 그리고 그녀의 숨겨진 정신병자 여동생 플로라. 이 두 악당의 면모를 양파껍질 벗기듯 하나하나 파헤쳐나가다 보면 왠지 로버트 루이스 스티븐슨의 단편소설 『지킬박사와 하이드』가 떠오른다. '이중인격'을 소재로 한 작품 중 수작으로 꼽히는 이 소설에서 인정 많고 친절한 헨리 지킬 박사는 인간의 두 가지 본능인 선(지킬 박사)과 악(하이드) 중 결국 악에 지배되어 온갖 악행을 저지르며 밤거리를 활보하는 신세가 된다.

사실 에놀라가 볼 때 악당 자매의 언니, 페르텔로트의 첫인상은 엄마가 연상될 정도로 따뜻하고 신중한 모습이었다. 하지만 왓슨 박사의 실종 사건을 캐나가던 에놀라의 민감한 질문과 집요한 추적에 맞닥뜨리면서 페르텔로트의 이중성은 서서히 윤곽을 드러내기 시작한다. 그리고 그 이중성은 소설 『폭풍의 언덕』에 등장할 법한 애증으로 점철된 친동생 플로라와의 관계에서 정점을 찍는다. 동생 못지않게 고단한 삶 속에서 페르텔로트는 망가질 대로 망가진 플로라를 돌보며 점차 자신도 제정신이 아닌 모습으로 변해가고 있었던 것!

에놀라, 셜록의 둘도 없는 명콤비

왓슨 박사의 실종 사건에 발 벗고 나서다!

알다시피 왓슨 박사와 셜록 홈즈는 런던 베이커 가의 하숙집에서 처음 만나 살게 된 이래 오랜 인연을 맺어온 명콤비다. 하지만 이 말이 무색하게도 왓슨 박사는 뛰어난 홈즈에게 가장 핀잔을 많이 받는 인물이기도 하다. 혹자는 잊을 만하면 등장하는 이런 핀잔 때문에 왓슨 박사가 모자란 사람이 아닌가 하는 의구심을 드러내기도 하지만, 그건 어디까지나 뛰어나기 그지없는 셜록 홈즈 옆에 있다가 빚어진 촌극일 뿐, 엘리트 계층에다 잘나가는 외과 의사인 왓슨은 필시 뛰어난 지적 수준을 갖춘 인물이다.

반갑게도 이번 이야기에서 셜록 홈즈는 명콤비 왓슨의 실종 사건에 직면하면서 그간 아껴왔던 츤데레적 면모를 아낌없이 보여준다. 그런데 이 부분에 있어선 에놀라도 마찬가지다. 비록 왓슨 박사와 마주친 건 세 번뿐이었지만 정직하고, 의리 있고, 성실하고, 불의를 보면 못 참고, 사교적이지만 선을 지키고, 무엇보다도 선량한 이 의사를 에놀라는 마음속 깊이 존경했다. 개인적으로 에놀라는 왓슨 박사를 세 번 만났다. 왓슨 박사가 친구 셜록 홈즈를 위해 실종자를 찾는 전문가 퍼디토리언과 상담하러 왔을 때 처음 만났고, 두 번째 만남은 에놀라가 왓슨 박사에게 질문을 하러 간 날 그가 두 통약을 건네줬을 때였다. 그리고 세 번째는 에놀라가 부상당한 여성을 보살피기 위해 왓슨 박사를 찾아갔을 때 만났다.

에놀라는 이 과정에서 왓슨 박사를 누구든 도울 의지가 있는 용감하고 강인한 영국 신사의 전형으로 인정하게 됐고, 그렇게 좋아하는 정도를 넘어 진심으로 아끼게 됐다. 이런 에놀라의 진심이 통한 걸까? 포기할 수밖에 없을 것 같던 미궁 속 사건에서 왓슨 박사를 구할 결정적 단서를 찾아낸 사람은 세계 최고의 탐정이자 왓슨과 각별한 명콤비 셜록 홈즈가 아닌, 바로 에놀라 홈즈였다.

에놀라, 좀처럼 부각되지 않던
마이크로프트의 존재감을 끌어내다!

천재 탐정인 셜록 홈즈조차도 자신보다 더 뛰어난 두뇌의 소유자로 인정한 사람이 있다. 바로 셜록의 일곱 살 터울 형이자 에놀라의 큰오빠인 마이크로프트다. 그는 유능한 인물이지만 그 능력은 정부 일에만, 관심은 자신이 자주 다니는 클럽에만 쏟는 인물로 알려져 있다. 좀처럼 부각되지 않던 이런 마이크로프트의 존재감이 이번 이야기 편에서 결정적 순간에 발휘될 예정이다.

시리즈 1권에서 처음으로 홈즈 가문의 친오빠들을 만난 에놀라. 하지만 기쁨도 잠시, 빅토리아 사회에 어울리는 여성상을 강요한 오빠들의 등쌀에 못 이겨 등 떠밀려 기숙학교로 가게 생긴 그녀는 결국 떠나는 당일 억압된 여성상에 반기를 들고 사라진 엄마를 찾아 좌충우돌 모험에 나선 터였다. 그럼에도 그나마 인간적 끌림이 있던 셜록 오빠와 달리, 마이크로프트 오빠는 사실 첫 등장부터 비호감인 인물이었다. 단안경을 끼고 볼록한 조끼에 고리 모양으로 만든 묵직한 회중시계 줄을 찬 딱히 근사하지 않은 사람, 깐깐하기로 유명한 셜록이 "에놀라, 신경 쓰지 마. 마이크로프트 형은 평소 자신의 영향권인 자기 방이나 사무실, 디오게네스 클럽에서 벗어날 때는 영 유머가 꽝이란 말이야."라고 핀잔을 줄 정도로 꽉 막힌 사람, 에놀라가 실종된 상황에서도 동생을 찾는 데 전혀 수고하지 않은 사람, 그저 왕좌에 앉은 왕마냥 명령만 내리던 사람. 바로 그런 사람이 에놀라의 눈에 비친 마이크로프트 오빠였다.

하지만 이번 이야기 편에서 에놀라는 마이크로프트의 이런 모습이 완전히 잘못된 추측이었음을 진솔하게 고백한다. 명백히 마이크로프트 오빠는 자신을 찾고자 했을 뿐 아니라, 엄마와 자신이 사용한 꽃말의 코드를 완벽하게 익히는 데 있어서도 셜록 오빠보다 앞서 있었고, 자신을 유인할 만한 게 뭔지를 알아채는 데도 위험천만할 정도로 앞서 있었다고 말이다. 또한 무엇보다, 결국 사건의 전모를 밝혀낸 에놀라 자신이 보낸 암호 메시지를 해독하고 화끈한 행동으로 화답한 사람도 바로 마이크로프트 오빠였다고…….

셜록 홈즈에게
탐정의 자질을 인정받기 시작한 에놀라!

〈에놀라 홈즈 시리즈〉 1권에서 셜록은 에놀라를 향해 말했었다. "겉보기에 다 자란 것 같아도 알다시피 에놀라는 아직 어린애에 불과해. 그 작은 머리로 많은 걸 생각하기는 아직 너무 버거워." 사실 에놀라로선 이런 오빠의 말에 화딱지가 나기도 했다. 하지만 에놀라는 세계 최고의 탐정 셜록 홈즈의 자질을 그대로 물려받은 동생답게 그 말에 상처만 받고 안주하기보다 그 말을 발판 삼아 앞으로 나아갔다. 얼핏 자책하는 것처럼 보일지 모르지만 실은 자기성찰의 기회로 삼았을 게 분명한 이런 식의 혼잣말처럼 말이다. '내가 스스로를 가리켜 퍼디토리언이라고 불렀던가? 어림도 없는 소리! 난 종이 인형이나 오리고 있는 게 딱 어울릴 한낱 소녀에 불과했다.'

이런 사기성찰이 빛을 발한 걸까? 사실 1권에서도 에

213

놀라는 셜록 오빠의 '논리적 마인드'로는 절대 모를 여성의 세계에서만 사용되는 의사소통 암호를 해독해 그를 당황시킨 바 있다. 그리고 그때에 이어 이번에는 드디어 셜록에게 제대로 한 방 먹일 쾌거를 이뤄낸다. 에놀라를 어린애라고 무시했던 셜록이 구사일생으로 구출된 왓슨 박사에게 불편한 듯 나지막한 목소리로 여동생을 인정하는 대목은 그야말로 압권이다. "이보게, 왓슨. 자네는 선한 사람이라 날 비난하지 않는군. 그러나 확실히 조사해야 할 부분을 간과한 것에 대해 난 스스로를 자책하고 있다네. 내 여동생이 아니었다면 자넨 지금도 콜니 해치에 갇혀 있을 거야."

이는 바로 철부지 여동생을 여학교에 보내어 평범한 여자로 살게 하려고 했던 대 탐정 셜록 홈즈가 드디어 여동생을 탐정으로서 인정할 수밖에 없다는 것을 내비치는 대목이자, 천방지축 어디로 튈지 모르는 사랑스러운 에놀라를 천생 피붙이 오빠로서 감싸주는 게 분명한 대목이기도 하다. 〈에놀라 홈즈 시리즈〉의 지난 이야기들을 통해 에놀라를 응원하게 된 독자라면, 이번 이야기 편을 통해 확실한 짜릿함과 통쾌함, 그리고 책 말미에 무심한 척 동생을 챙기는 오빠의 진한 속정을 가슴 깊이 느낄 수 있을 것이다.

다음 이야기 편에선 또 어떤 상큼한 매력으로 다가올지

벌써부터 궁금해지는 에놀라 홈즈의 끊임없는 활약을 기대하며 이쯤에서 귀엽고 엉뚱한 고양이 마루 같던 그녀를 맘속에서 떠나보낸다.

요절복통 에놀라 홈즈를 다시 만나 설레었던
2019년 봄
김진희

옮긴이 김진희 연세대학교에서 경영학 석사학위를 받고 UBC 경영대에서 MBA 본 과정을 수학했다. 홍보 컨설팅사에 재직하면서 지난 10여 년간 삼성전자, 한국 P&G, 한국 HP 등의 글로벌 브랜드 뉴미디어 광고 및 홍보 컨설팅을 수행했다. 주요 역서로는 『사라진 후작』(에놀라 홈즈 시리즈 1), 『내 시간 우선 생활습관』 『진흙, 물, 벽돌』 『프로젝트 세미콜론』 『구름사다리를 타는 사나이』 『4차 산업혁명의 충격』 『왓츠 더 퓨처』 등이 있다. 개인 브랜딩, 광고, 홍보, 미디어, 대중문화 등 다양한 분야에서 글을 쓰고 있으며 출판 기획자로도 활동하고 있다.

에놀라 홈즈 시리즈 3
기묘한 꽃다발

초판 1쇄 발행 · 2019년 2월 28일

지은이　낸시 스프링어
옮긴이　김진희
펴낸이　김요안
편집　강희진
디자인　김이삭

펴낸곳　북레시피
주소　서울시 마포구 신수로 59-1, 2층
전화　02-716-1228
팩스　02-6442-9684
이메일　bookrecipe2015@naver.com | esop98@hanmail.net
홈페이지　www.bookrecipe.co.kr | https://bookrecipe.modoo.at/
등록　2015년 4월 24일(제2015-000141호)
창립　2015년 9월 9일

ISBN 979-11-88140-63-3　43840

종이 · 화인페이퍼 | 인쇄 · 삼신문화사 | 후가공 · 금성LSM | 제본 · 대흥제책

이 도서의 국립중앙도서관 출판예정도서목록(CIP)은 서지정보유통지원시스템 홈페이지(http://seoji.nl.go.kr)와 국가자료공동목록시스템(http://www.nl.go.kr/kolisnet)에서 이용하실 수 있습니다. (CIP제어번호: CIP2019005440)